珍華的聚寶盆

楊珍華◎著

鍾肇政 題

珍華的全家福——爸、媽、我及三位弟弟

「一朵智慧之花」感謝父母賜予我生命，讓我追尋人生的智慧。將「珍華的聚寶盆」獻給我最愛的家人。

從小就甚喜旅遊。

學生時代的生活照片。

就讀致理商專時，學校的園遊會，海報由我承辦。

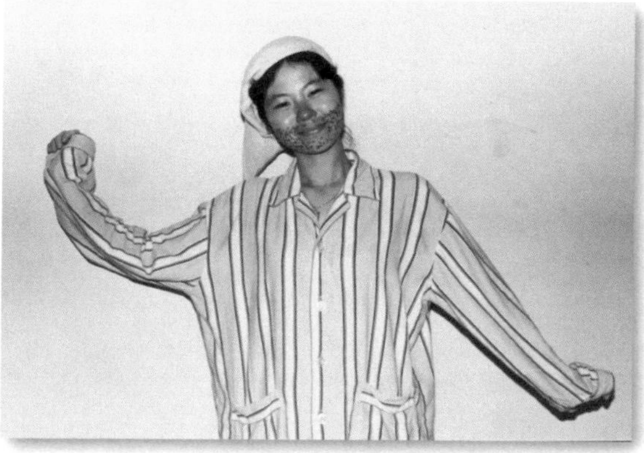

大專參加英研社的表演。

88年獲頒桃園縣優秀青年，父母親與孩子伴隨領獎。

最疼愛我的父親，93年9月5日晚上跌倒，如今已成植物人，願菩薩早日讓他老人家解脫人間苦。

少女情懷總是夢。

母親

我

孩子

「白雪」與「黑馬」是我養的小白兔，牠們成了我在辦公事茶餘飯後的小主人。

森磊觀的祝福

陳學明

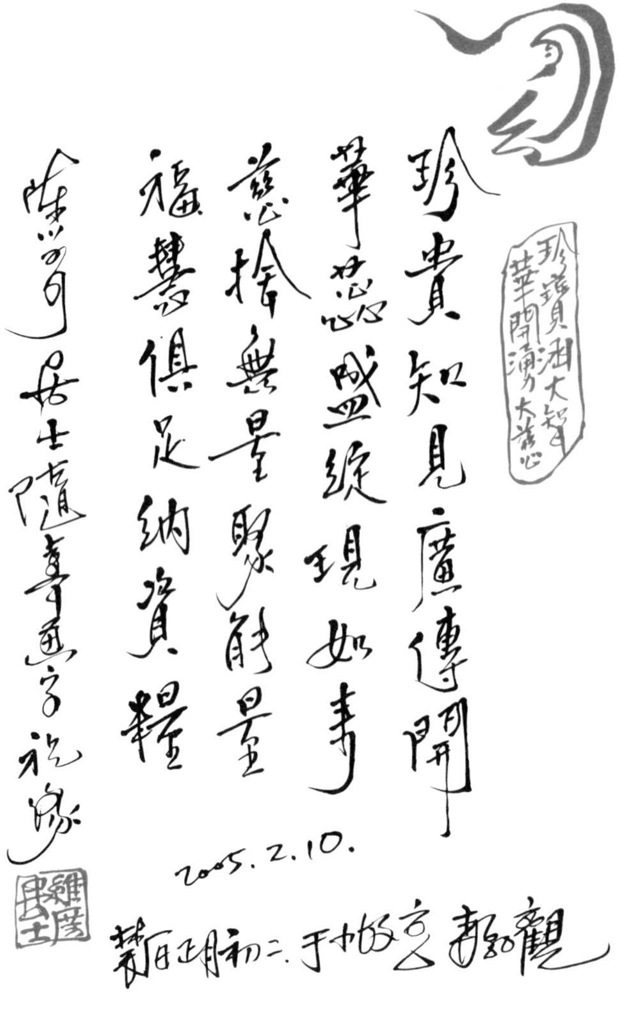
珍貴知見廣傳開
華慧盛綻現如春
慈捨無量聚能量
福慧俱足納資糧
2005.2.10.

序

鍾肇政

本書是桃園縣文藝作家協會現任理事長楊珍華女士的著作集，是把歷年在各種報章上發表的文章輯印而成的。楊理事長要我為她這本集子寫一篇序，筆者自然是義不容辭地承諾下來了。

想不起何時與楊女士結識，不過大約不外是近幾年，在一個文藝性聚會裏與她初逢。如所週知，她是個熱情洋溢，笑容滿面，且從儀態到穿著都十分得體，在樸實中不失其光鮮，大老遠便把人家眼光幾乎是無可抗拒地吸引過去的那種人物，而我也正是被她這種魅力不期而然吸引住的一個。但是，在稍為熟識後，珍華女士除了上述的外表之外，還有不俗的內涵，也很快地便吸引住我的注意。

首先是她那種服務的熱誠。「理事長」原該是帶有若干威嚴味在內的職稱，但在她身上，絲毫看不出，也感覺不出這種威嚴味，此無他，她是把這個職務當做義工來做的。在一篇文章裏，她慨乎言之地說：

「（因一個偶然機遇）而結緣進入文協這個聚寶盆裏，感謝伯樂知遇之恩，讓我這塊普通的鐵，能在這文藝大鎔爐裡變成一塊有用的磁鐵，可為文藝界的前輩服務的機會與成長，更開擴自己膽識與見識。」

又說：

「基於對藝文領域的喜愛，即刻辭去原有的高薪職業，成為專職義工（午餐也自理），是少見的快樂的傻瓜，目前被選為桃園縣文藝作家協會的總幹事，全力協助理事長推展會務，若說該會是全國活動力最強的藝文社團，並不為過。」

本書也可以說就是珍華這幾年來所從事的工作的若干片段的寫照。筆者欽佩之餘，忍不住寫下這幾句話，一方面作為對她的工作見證，另一方面也希望能藉此給她一些激勵。但願她今後仍然一本過去的熱誠，全力以赴。

二〇〇五年春　鍾肇政　識

序

賴傳鑑

桃園縣文藝作家協會理事長楊珍華女士說要出版文集，索序於我，粗讀原稿知文集內容大部分為她擔任文協會務八年來逢事所感的點點滴滴，也可以說記述她在新的生活環境的生活記錄。

在偶然的機緣下認識上任理事長張新金先生，因而一腳踏進文協團體會務，從總幹事，進而被會員們擁推為理事長，這幾年來，她的推廣文藝，推展業務，企劃縣級以及全省性的藝文活動，一路走來為文協投入的心血，可以說有目共睹，的確可以稱得上是一位專業的文協義工。而我也聽說她每天像在公司、機關奉職的人，準時上下辦公，像她如此專業，又積極地耕耘人民團體的理事長，可能全國也難找到吧！

本集除了記述八年來在任內，為推行活動，推廣業務而打拚的經遇和感想，也談及辦理會務的經驗，尤其有關人民團體總務方面著墨甚多，值得給人民團體辦事人員作為參考。

從工作中學習成長的社會經驗，這些點點滴滴的感想，的確對她來說也是在尋找人生生命意義的日子，不但談會的成長與進步，文集中更值得注意一讀的是，幾篇談她在人生道路上，對心靈的成長的學習及努力。我想，本集也許非傑出的文學作品，確是她值得留念的記錄她一段人生的作品。我不但從文集通篇讀到她對文藝協會的熱心，如文學少女般天真，對文學的狂熱，也讀到她修菩薩行的愛心，一顆善良的心！

簡述讀後感想，代為序。

序

趙昌平

今年開春，最高興的是收到了一份最珍貴而饒富質感的禮物—桃園縣文藝作家協會楊理事長珍華的大作《珍華的聚寶盆》初稿，先睹為快，利用春節假期廢寢忘食的一口氣把它讀完，真是稱心愉快。

前年初秋，在偶然的機會裡聆聽她推動人本教育的理念，如何營造優質的文化環境與內涵，培養更多卓越文藝作家的理想願景。果然她像一塊磁鐵，深深受到她的感動，後來我也開始加入了她的行列，親炙那份文藝園地的熱情與快樂。也見証了這位年輕而才華橫溢的五年級生，來領航人文薈萃的桃園縣文藝作家協會，的確是適才適所的最佳人選，一方面也對她的膽識，勇於挑起這個重擔，表示無限的敬佩之意。

文協的所有工作同仁都是自動自發的志工，任勞任怨，只有犧牲奉獻，以熱忱服務的心翻文化的土壤，播下愛的種籽、扎根、灌溉、成長、開花、結果，其中有許多真心真情的感人故事，讓人深深繫念，讚嘆！他們不斷地舉辦文學創作研習營，培育了不少文藝人才，已為文壇所矚目，累積了豐碩的作品，舉凡散文、新詩、小說、兒童文學琳瑯滿目，出版《桃源集粹》、《心靈墨華》、《桃園婦友文選》等，以及推展美術、音樂、舞蹈、民俗等活動，成績斐然可觀。桃園縣政府年年評定為優等獎，頒給最高的殊榮。我常想站在台上領獎的時刻是短暫的，他們背後辛勤耕耘的時間卻是漫長的。但是為了台灣文學藝術的傳承與創新而盡心盡力，終究是無比的光榮與愉悅。

作者才思敏捷，文筆清新，在本書中也收錄她許多文學創作，篇篇都是心靈結晶，內容溫馨感人，傳達了她生活的自在與喜悅。更有許多人生哲理的啟示，引發讀者的共鳴，真是作品中的瑰寶珠玉。

另一個開始

馮輝岳

真正認識楊珍華小姐，是在她接任桃園縣文藝作家協會理事長以後，而讓我感覺協會「動」起來了，也是從那時候開始的。

總覺得珍華是一個行動派的人，策劃的案子，核准了，馬上執行；她更是一個樂天派的人，滿懷理想和夢想，她的樂天，是由於她對未來的工作充滿信念。看她辦活動、出選集，一項一項，有聲有色，展現的成果，更是有目共睹。然而，在這風光的背後，卻藏著許多不為人知的苦楚和喟嘆，珍華都默默的忍受。為了推展協會業務，一個人在官場折衝、周旋，是有些令人不忍的，所幸她把這些都當作是人生的歷練與學習，面對一個一個的挑戰，她笑得比誰都燦爛。

在協會的三、四千個日子裡，珍華為協會付出很多很多，但是對她自己來說，最大的收穫，莫過於這個「聚寶盆」了，這裡面有她工作的心得、生活抒懷，以及一路走來留下的跡痕，這是一個平凡女子的一段不平凡的生命記錄，有喜，有樂，有挫折，有感恩。

《珍華的聚寶盆》，代表一個旅程的結束，也是另一個新的旅程的開始。期盼珍華繼續努力，用真摯、熱誠的心關照人世，寫下一頁頁動人的生命樂章。

這一幅畫未完成

謝鴻文

女性和文藝建立情感，現在看來是很平常的事，但在古代卻是隱而不喧，於是女性被框架在無才便是德的包袱裡，有傑出文藝成就的女性，正史很少提，男性文人也常常不屑與之為伍。可是也有少數例外。比方清代袁枚建立的「隋園」，可一點也不避諱才女相集，而且那些才女中甚至有今之所謂的藝妓。

我所認識的珍華姐，她在文藝上的成就還只是剛起步，有待琢磨，可是我卻早聞於她的名，不過未曾相識，直到二〇〇四年初春三月，電話裡傳來一個春花爛漫般的聲音，向我邀約一篇稿，說要刊在《桃源集粹》裡。那就是我與珍華姐結緣的開始，然後我也很乾脆的寄去一篇劇本，後來又不知不覺地從自己論文寫作的專注中抽離去幫忙《桃源集粹》的編務校對等工作，像是中了蠱，或者更確切地說——是感動。我感動於像她這樣一位虔誠信佛，心地柔軟，雖貴為文藝作家協會理事長卻毫無架子，抱持著志工精神虛心且熱忱地為桃園文藝界服務的人，無非是相信文藝之花，都是託傻子才種下的。

然後我陸陸續續聽到珍華姐和我分享她生活的故事，包括被搶劫的慘痛經驗。對於習慣用文字表述人生的我而言，常常覺得她的故事有不少精采可述，有許多心靈的悸動可紀錄，於是鼓勵她寫下來。不久我就收到她寄來的文章〈似曾相識〉，寫在街頭相遇的一個可憐小女孩，珍華姐的慈悲心在面對那件事的表現，充分顯現文學書寫需要的感情。

文字之外，我更有幸看過幾幅她的油畫習作，美麗的油彩，雖然層次略顯凌亂，可是色彩本身就是吸引人的。珍華姐她此刻生命的樣子，正像一幅未完成的畫，她多年薰染於文藝界奠定的色彩，只待安排好位置，迷人的圖樣就會慢慢浮現。

作為一個男性，我一點也不覺珍華姐無才，我所殷殷祝盼的是她可以放膽去追求享受創作的快樂，不必在乎閒言閒語。要花開，就要先植下土，來日守候春臨，就該是在花樹下讚嘆絕美的時候了。

造一座愛的彩橋——獻給楊理事長

滕興傑

在「岱比絲」的閣樓上
哪小小的狹長空間
點點滴滴，盡是愛的琳琅
儲「珍」聚寶，光「華」璀璨
新的人文氣象何止千萬啊
它擁有影象的真實
它擁有金石的鏗鏘
還有哪
墨寶飛舞在蘭亭
彩筆揮灑出陽光
啊！全陶醉在文學的浩翰裡

澎湃悠遠，地久天長啊！地久天長

※ ※ ※ ※

一位新的承傳者她拎一盞愛的孤燈
搭起一座愛的彩橋
以心靈的溝通，凝聚整體力量
以無敵的熱情，迎向凜冽的現實
以蓬勃的活力，「鑿一扇文學之窗」
以長遠的關懷，完成青少年「心情e一下」的夢想
以至情的大悲，撫慰人性的撕裂
以無言的大美，感悟宇宙人我的寬融
以至善的大愛，把人間化為快樂天堂
多少年，多少前輩菁英，藝文碩彥
憑藉愛的執著
滿懷成長的苦澀和喜悅

序

跨過這座愛的彩橋
邁向綠洲，深耕幼苗，如今——
樂見新生的萌芽茁壯，代代飛揚
※　※　※　※
她背負著歷史重擔—使命感
任憑成長的步伐多限
帶著含默的淚水疾行
終成我們唯一的盼望：
　進德的益友
　修業的導向
　心靈的圖騰
　歷史的典藏
當掌聲再起時，愛在燃燒、燃燒、燃燒
為我們點亮二十四友燭光

照耀「圓一個出書夢」的理想
哪怕路多長，就走多遠
我們的圓就多大。看吧
百卉正展顏為我們鼓舞歡唱
老幹新枝，朵朵芬馨
共同攜手迎向豐碩的輝煌

桃園縣文藝作家協會，成立於民國七十年，迄今已走過廿四個春秋。民國九十二年楊珍華接任文協理事長職務，她年紀輕輕地，不是畫家、也不是詩人、更不像年高德劭，看來道貌岸然的文藝界前輩長者。然而，然而她的IDEA，她的青春生命活力，她的企劃理念思維，無一不是驚人的。尤其她對文藝哪份熱愛與執著，好像是與生俱來天的天賦，文學心靈的蓬勃深邃，幾乎到了「獨上高樓，望盡天涯路」的意境。憑此，我相信她必能將「文協」這艘多彩的生命之帆，乘風破浪，帶向新境界航向光明的未來。

珍之書，華之冊

楊珍華

是過日子，還是數日子，轉眼之間，已過了好長的日子。記得那年到桃園縣文化中心看畫展時，琳瑯滿目的作品，多元化的聯展，好奇一問是「桃園縣文藝作家協會」的聯展，拍下那一張照片，尾隨著就像一部奇遇記的主角似地，進入這塊園地，並且亦成了園地的主人，驀然回首，一幕幕的影像，倒帶，從腦海而過，啊！光陰似箭。

八十五年六月入會，往事轉瞬成過眼雲煙，如今已是九十四年五月，三千三百多個日子，從三十而立至四十不惑，是到了該好好檢視自已成績的時後，但它是沒有分數的，只有記錄，是一篇篇用自己生命認真行走過的記錄。

我是一個喜歡築夢的人，可是又常覺如井底之蛙，坐井觀天；能起一個夢，便圓一個夢，所辦的活動，從傳承到創新，一個接一個的挑戰與完成，充滿欣慰與感動。所出版的書籍（二十多冊），冊冊都是珍華的夢果，在《珍華的聚寶盆》裡，每一篇文章，都是用一支拙筆，用一個執著與單純的心情轉化文字，是我的學習成長日記。

「聚寶盆」是取之不盡，用之不竭的，但必須先無償付出與學習。在任何一個團體中，一個人的力量是無法完成夢想與理想，但透過用心的策劃與執行，加上一群無私的人，同心協力的力量，點點滴滴就串聯起來了，動力是非常可觀。

感謝這段旅途所發生的挫折與挑戰，更感恩指導我、陪伴我的前輩和夥伴，尤其是前理事長張新金先生的「伯樂之恩」，讓一位極為平凡的女人，勇敢接受文協理事長的職務，讓自己的人生有著不平凡的過程，相信在未來對自己的生命，擁有更不一樣的價值。

目錄

為自己活

以前曾經想過在有限的生命中，自己最想做些什麼呢？想賺一筆錢；出國讀書；想環遊世界；想學這學那等等想法，但在我擔任文化的義工之後，所接觸的人、事、物，已放在我的心胸，從興趣、融入到熱愛這份推展文藝的工作，我許多的想法，許多的價值觀因而改變，人生何其苦短，不應該迷迷糊糊渡過，而是要精精彩彩的走過，且要有意義才對，若只是滿足個人的虛榮心，走後對家人、對社會有何價值呢？

民國八十六年四月十五日，一位十歲大的小男孩名叫周大觀，小小年紀對這社會還懵懵懂懂，就要面對死神搏鬥，但仍勇敢寫下《我還有一隻腳》的作品鼓勵世人，並由父母完成心願成立「財團法人周大觀關懷生命文教基金會」，繼續幫助其他的人；而另一位偉人泰瑞莎修女，自十八歲進入教會，一九五〇年創立「仁愛傳教修女會」，已於一九九七年過逝，一生奉獻在救助麻瘋病患、孤兒、酗酒者和吸壽者而努力，這兩位不論年齡長短，雖都已過逝卻遺愛人間，精神永傳於世，且不斷延續他們生命力，因此我思索著若我只有一年的光陰，我將完成一些別人認為不可能的事。

首先，期望今年能再幫助桃園縣婦女同胞增添寫作好園地，而能再創十六位新血輪，幫助她們順利出版作品，由於我自己身為女性，過去對寫作從來不敢輕易提筆，更不敢奢望出書，但進入桃園縣文藝作家協會擔任秘書職務以來，不但發現自己能寫作，更能策劃承辦一些藝文活動，使自己深獲肯定與成就。

「成功」的定義是什麼呢？「不在於自己能獲得什麼，而在於自己能付出什麼。」由於不斷付出、學習、成長，而重獲對人生價值的洗心滌慮，若能幫一些婦女實現她們創作的夢，將心比心，必有同感與共榮。

後記

作者本人在民國八十五年底剛進入文協，八十六年舉辦婦女徵文是第一次承辦創新的活動，成功舉辦之後，將內心的感受寫下來寄給台南縣文藝作家協會理事長楊福松先生分享，而楊福松先生於民國八十九年台南縣文藝第三輯轉載此文，並於作者簡介中說明：楊珍華小姐畢業於致理商專國際貿易系，曾於某大企業任職，八十六年參與桃園縣文藝作家協會的活動之後，基於對藝文領域的喜愛，即刻辭去原有的高薪職業，成為專職義工（午餐也自理），是少見的快樂的大傻瓜，目前被選為桃園縣文藝作家協會的總幹事，全力協助張新金理事長推展會務，若說該會是全國活動力最強的藝文社團，並不為過。

從八十六年開始舉辦婦女徵文比賽共五屆，並出版《桃園婦友文選》共五集，創造百位婦女寫作與出書夢，獲獎婦女陸續參與政府、機關單位舉辦的徵文比賽，亦紛紛得獎，所謂「你發現她一片天，她給妳一片地。」

勇敢就是力量

玉蝶是一位聰明善良又美麗的女孩，與男朋友交往兩年多，從日常生活中發現對方是一位孝順的好孩子，家庭結構亦很單純，父母親及他三人，父親是地方政府機關的二級主管，母親則是標準傳統家庭主婦，經濟狀況屬小康，交往的過程中，雙方父母都非常喜歡對方，玉蝶覺得嫁給忠厚老實且孝順的男人，絕對可以作為終身的依靠，於是在親朋好友的祝福聲中，踏上紅毯步禮堂。

明白先生是獨子，且公婆又疼愛有加，當然是共住屋簷下，並且在附近一家大公司上班，因夫婦都是上班族，婆婆體諒小夫妻上班辛苦，因此回家時都已將晚餐準備好，玉蝶雖是初嫁到此，但懂得三從四德的道理，平時勤快整理家務，並且早晚向公婆請安，在假日時經常特別上市場購買公婆喜歡吃的東西，由於玉蝶善解人意，與公婆相處甚為融洽，有時同去參加喜宴，長輩、朋友皆誤認她是女兒而非媳婦。

一年後在公婆期盼下生下一位健康可愛的小壯丁，公婆得孫更是歡喜，婆婆表明要親自照顧小孩，享受含飴弄孫之樂，讓玉蝶能專心去上班。侍奉公婆、相夫教子、家務事本是女人本份之事，所以玉蝶白天上班，一下班就趕回家幫忙，晚上則是親自料理小孩，讓婆婆、先生能好好休息準備迎接第二天。

玉蝶自婚後，過著這樣單純而忙碌的生活，日子一轉眼過了三年多，某一天公公突然生了一場大病，住院休養時，雖仍可以自己行動，但由於工作的崗位責任重大，主管同事雖然再三挽留，但一向安分守己的公公恐怕影響公務，因此決定提早退休。

自從公公退休居家，不但失去健康的身體，而且辭去頗具服務意義的職務，頓時非常不適應，雖然婆婆賢慧有加，但仍被這突如其來的遽變，使身體變得不舒服，經常到醫院取藥，家中籠蓋在一陣陣陰霾的氣氛裡。

因公公花掉一筆龐大的醫療費，經濟變得緊縮起來，先生開始深感壓力的困境，及思考孩子的未來如應何突破，玉蝶經常寫些小卡片，放在先生口袋裡，鼓勵他要忍耐、努力奮鬥，一定可以走出這段幽暗的時期。

正在這段期間，先生的幾位好友相邀合夥經營生意，俗話說：「好朋友最怕有金錢糾紛。」不到半年光景，人多口雜，意見紛歧，種種因素弄得好友變仇人，大家不歡而散，從此疏離朋友，意志薄弱，膽氣怯懦，除了白天正常工作外，將自己關在家中每晚面對電視，假日睡得晚晚起，過著孤陋寡歡的日子，玉蝶見此情形常巧心安排朋友打電話相約聚餐，或請親朋好友相勸鼓勵，但一一都被先生謝絕了。

情景一日不如一日，本來先生的主管賞識他的能力，並想提拔他，計畫拓展業務，期盼任務完成後能調升主管，所以開始要求他加班，公婆看到自己的孩子如此辛苦，不忍心經常說：「兒啊！我們都靠你，可不能累倒啊！」工作的不順利，又無法突破瓶頸，開始產生厭倦，竟然辭去工作，而更換一份安定沒有挑戰性質的工作，家裡經濟已不如從前。唉！玉蝶此時除了鼓勵之外，就是忍耐，因為本身是職業婦女，晚上又需照顧小孩料理家務。

有一天，玉蝶的好友告訴她可以兼差幫助家裡減輕經濟壓力，又說她是職業婦女，是一位有愛心的人，從事預防醫學的工作最適合了，若專業知識加強，又懂得經營方式，為來還可以在這方面一展長才呢！玉蝶雖被好朋友說得很心動，但內心不斷思索，女人結了婚又有孩子，身在這個保守傳統的家庭中，先生、公婆能體諒嗎？可是又想孩子將來的前途，及家中種種原因與責任，而讓她好幾晚輾轉難眠。

經過一段時間的觀察，先生依舊不能發憤圖強，反而因換了安定工作之後，下班在家看電視，或與結識朋友出去喝酒聊天到三更半夜才歸來，過著自甘墮落的生活，如此下去該如何是好？公婆年邁，孩子又年幼，未來長遠日子要如何渡過，終於鼓起勇氣向先生說明晚上兼差之事，先生明瞭工作內容是幫助別人提早做預防疾病，是預防已知，而不像保險是預防未知，所以不反對，並對她說：「你若不怕累，那你自己去做吧！」得到先生的允諾，並向公婆家說明一切辛苦皆為孩子的未來而努力，請公婆中的事務多包容一些。

婚後簡單忙碌的生活，使得她對周遭人、事、物相處之道顯得生硬，玉蝶明白目前社會對客戶服務專業是非常重要，每天早上五、六點起床，害怕吵醒先生與孩子，獨自搬張小桌子靠在窗戶旁，藉著早晨的陽光，開始研讀一些醫學專業知識，及相關企業經營的書籍，然後準備上班工作，五點一下班快回家吃飯，幫孩子洗澡，再準備晚上兼差的工作，回到家中已是十一點多，再將每天換洗衣服洗好，先生的衣服燙好，一天的工作完成之後才躺下來休息，雖然很辛苦，但她一點都不覺得累，反而有著一股充實感，因為美好的目標與未來將會實現，而辛苦會隨著努力化成收成的果實，一切都值得自己去做。

玉蝶天真又單純的想法，一心一意為了這個家而奮鬥，充實的生活與學習帶給她許多的成長，但卻逐漸帶給先生的不悅，因為他並未伴隨著她一起學習與成長，開始懷疑並否定她的付出及成就，甚至誤會她是否有外遇，公婆亦因此而反對，有時客戶或親戚朋友打電話來，用審問口語答覆對方，而使玉蝶難以下台。

在外工作認真負責，經常要面對百般刁難的顧客，而回到家中又得面對冷冰冰的家人，她的眼淚直往自己的肚裡吞。求好心切，心想那都是自己的家人，短暫的不諒解，會因努力的表現，而冰釋前嫌，現在受一些委屈，又有什麼關係呢？「貧窮的人不是沒有錢，而是沒有希望。」希望令她再鼓起勇氣，擦乾眼淚，做人不要生氣，但要爭氣，以正面積極態度迎接人生的挑戰。

善良的玉蝶卻不懂，人的想法常常一廂情願，先生冷漠不言不語的對待，看在公婆眼中，更是作媳婦的不對，經常當面數落媳婦：「做女人那麼能幹做什麼？拋頭露面，學什東西，讀什麼書？愛出風頭，外面的人都說妳是個好媳婦，真會做雙面人呀！」一句句難以入耳的話都開始出現，每當此景來臨時，做先生不但不維護自己的老婆，反而變本加厲，用沈默態度或外出到深夜才回家的方式對待玉蝶。

好幾次玉蝶苦苦哀求，淚流滿面，甚至跪下來求先生的諒解與支持，俗語說：「夫妻同心，黃土變成金。」只要你相信自己的太太，多幫助及瞭解她，甚至體諒用心良苦，替我在公婆面前多解釋一下，所謂天底下沒有父母親討厭自己的孩子，只要你對公婆所說的話，做父母親絕對會聽，對家庭有利益的話，一定要面對父母親說清楚，否則就是自殺的行為，而一味讓父母親繼續錯誤的行為，那是「愚孝」，最後對這個家庭沒有幫助反而破壞。

金玉良言，說得玉蝶淚珠直落，沒有用，一切對先生只是說教，他只要以前守在家中的玉蝶，最後在公婆的慫恿下，逼迫玉蝶簽下離婚協議書。

玉蝶傷心欲絕，面臨和年幼的孩子分離，為什麼不諒解自己對這個家的心血，非常悲傷，臉色憔悴，經常兩個眼睛濕潤紅腫，父母、兄弟姊妹直勸她看開一點，是他們無福氣珍惜這位好媳婦、好太太，出國去旅遊散散心，時間慢慢會紓解心情的。

玉蝶在這段期間，常看一些撫慰心靈的書籍及一些名人傳記，瞭解到要受到高等教育，要成功事業，往往環境不許可；但是要做個好人，誰都可以，只需不自暴自棄。她不願再忙忙碌碌，為著口腹之累，為著短暫享福作樂，而虛渡這一生，她要做一位值得尊敬的女性，讓她的孩子記得母親不是一個壞媽媽。

經過多年努力，玉蝶開了一家連鎖店，專門經營花店與禮品，每當人們走進她的店牆上所掛的是她親筆所寫的書法對聯，及繪畫的櫥窗，佈置中流露出中國典雅，又從每一盆花及花束裡看出經營人的細心與大膽設計，乾淨、精巧又雅緻，貼心的服務招待，使得老客戶不斷上門，新客人流連忘返，而成為當地有名的專賣店。

玉蝶除了經營自己的事業之外，更在閒餘時安排到育幼院關心那些無父母的小孩，親自為他們包裝小禮物，寫上一張張小卡片，鼓勵他們在學業上進步及日常生活自立自強。又有時探望老人院，送盆小花，整理佈置環境等，看到這些人臉上滿足的笑容及讚美，玉蝶早已拾回她的自信，化小愛為大愛，從家中這一小步，跨越到社會中的這一大步。

（當你坐在玉蝶辦公室裡，會發現有一張小小的卡片插放在桌角上。）

✧ ✧ ✧

不管怎麼樣，總是要

人人不講道理，思想謬誤，自我中心，
不管怎麼樣，總是要愛他們。
如果你做善事，人們自私自利，別有用心，
不管怎麼樣，總是要做善事。
如果你成功之後，身邊盡是假的朋友和真的敵人
不管怎麼樣，總是要成功。
你所做的善事，明天就被遺忘，
不管怎麼樣，總是要做善事。

誠實與坦率，使你易受攻擊，
不管怎麼樣，總是要誠實與坦率。
你耗費數年所建設的，可能毀於一旦，
不管怎麼樣，總是要建設。
人們確實需要幫助，然而如果你幫助他們，卻可能遭受攻擊，
不管怎麼樣，總是要幫助他們。
將你所擁有最好的東西，獻給世界，你可能會被踢掉牙齒，
不管怎麼樣，你總是要將最好的東西，獻給世界。

泰瑞莎修女

（節錄八十六年《桃園婦友文選》）

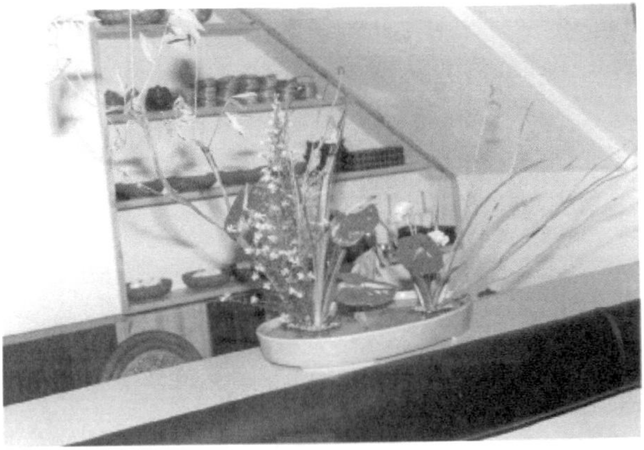

藝術是渾然一體，祇有融合了一切種類的藝術才能臻於最完美的境界。

你是一隻老鷹，你不是一隻雞

黃昏黃澄澄的一片天空，微風輕輕吹來，風中傳來一陣口哨聲與笑聲，老亨利與孫子哈克正駕駛他那台老爺爺貨車緩緩地移動在這片大自然中，哈克被這片大自然的美景深深吸引住了。

哈克：「爺爺！我們可不可以在這裏住一晚上啊？這個地方好漂亮哦！」

亨利：「若沒有在傍晚前趕回到家裏，看你母親不剝了我的皮才怪呢？」

哈克：「可是這個地方的景色真的好美哦！爺爺！」

亨利繼續吹著口哨，駕駛著他的老爺貨車，沒有多久，車身突然發出卡嘰、卡嘰的聲音，亨利非常熟練他的車子停住，然後翻開車蓋，打開車門，撕下一塊破布，走到車身前非常迅速的將管子連接處纏住，蓋回車蓋，回到車上繼續開車。

哈克：「爺爺！我們回得了家嗎？」

亨利望一望四處，看到遠處一百公尺有一戶農家，說明車子開到那，應該沒有什麼問題，果然很順利將車子開到農家門前，由於車身老舊，整個車殼發出奇奇怪怪的聲音，屋內主人聽到聲音很快就跑出來看個究竟。

農家主人問老亨利：「車子出了什麼問題？我幫得上忙嗎？」

亨利：「要向您借一下工具，因車子管子鬆了，需要修一下調緊點，順便加點水，謝謝您！」

車子順利修好了，這時農家主人看清楚老亨利的長像，非常興奮大聲地說：「我認識您耶！您是我非常崇拜的偶像亨利，亨利對不對？對！沒錯您是亨利。」

亨利一臉納悶：「不對吧！我從來沒有到過這裏呀！您會不會認錯人？」

農家主人說：「您還記得一九四〇年夏天，您在州季聯盟賽中，擊出那一棒時，實在是太棒！太棒了！」這時老亨利才回想起那一刻。

哈克此時突然大喊，站在農舍旁竹欄前：「爺爺！您快點來看，這隻雞好奇怪哦！」

老亨利走向前去一看：「傻孩子，那不是一隻雞，牠是一隻老鷹。」

哈克：「可是牠跟旁邊的一樣在地上走來走去，還邊走邊啄著地上的食物呢？

爺爺牠是一隻雞啦！」

農舍主人：「牠是去年我去森林打獵時撿的一隻鷹，因為小所以牠與雞群們一起生活，雖然現在已經長大，可是整天與雞群在一起，所以除了長像是老鷹以外，其餘動作已經成為一隻雞了。」

亨利：「喂！老兄可不可以將牠賣給我？」

農舍主人：「您買牠回去沒什麼用處，牠只不過是一隻雞罷了！」

亨利眼神堅定並誠懇地說：「真的不是跟您開您開玩笑。」農舍主人非常崇拜他，又看他那麼誠懇，自己又不在乎這隻老鷹，所以就很乾脆答應送給了亨利，亨利非常開心將牠帶回去。

有一天，亨利與哈克帶著老鷹到山坡上，亨利不斷訓練飛翔，並且不斷告訴牠：「你是一隻老鷹，你不是一隻雞，只要你願意展開雙翅飛翔，去吧！抖一抖你的翅膀，你可以飛上天空。」可是老鷹卻摔了下來，並且又與雞一樣，開始在地面上找尋食物。

哈克：「爺爺！算了吧！牠不是一隻老鷹，牠只是一隻雞啦！」

這時老亨利回想起小時候參加班上的棒球比賽，每次總是被班上同學排擠，因為同學們都不希望與他同組，亨利打得很差，只要與他同組的球隊都經常輸球。亨利受到同學們的取笑，垂頭喪氣回到家門口，父親看見了，拍拍亨利的肩膀。

父親問他：「亨利怎麼呢？整個人都垂頭喪氣，為什麼不抬起頭來，向前看？球打得不好，沒關係，只要不斷努力練習就可以進步，來爸爸陪你一起練習，走！」

亨利經過父親的鼓勵與陪同練球，雖然亨利還是打得不好，但是一次又一次學習，慢慢地亨利進步了。這時亨利的回憶又轉回老鷹身上，與哈克一同慢行在山坡上，直走到山頂上去。

亨利一樣將老鷹放在手上，然後高舉著老鷹大聲地說：「你是一隻很棒的老鷹，身上流著老鷹的血，你不是一隻雞，來吧！振振翅膀，勇敢向天空飛去吧！」他高舉著老鷹。

此時，這隻老鷹的眼神已經發出炯炯的光芒，從這光芒裏，亨利又看到他當年參加夏季球棒大賽的情景，當時輪到最後一棒亨利上場，一壘、二壘、三壘都有人，這時已是最後一場球賽，還輸對方一分，若亨利沒有擊出任何一支安打，那將輸了這場球賽，整個球場充滿加油聲與緊張氣氛。

亨利雙眼注視投手，第一次投手投出好球，可惜亨利揮棒落空，亨利依然凝視投手，告訴自己一定要擊出這棒，第二次投手又投出好球，唉呀！可惜又沒擊中；第三次當投手又再度投出，此時亨利全神貫注，用盡全身力氣，用力一揮，這球飛得好高好遠，落在對面計分看板草皮後，此時全場都跳躍起來，非常高興，大聲為亨利歡呼、喝采。

亨利此時大聲喊：「去吧！」將手上的老鷹用力一揮，老鷹也用力振動翅膀向山谷間飛去，自由自在飛翔在天空中。

（一）環境塑造我們

以前我們都曾讀過孟母三遷的故事，再看看現在的人對於住所環境都會慎重選擇、比較，譬如附近有沒有學校、市場、公園、文化機關；及鄰居住的是什麼樣的人物，這些環境地重要性。而父母生兒育女已是重質不重量，所以對幼稚園、學校環境甚至啟蒙老師的選擇更是重視。

俗語說：「近朱者赤，近墨者黑。」你可曾靜思過自己身邊是什麼樣的朋友而造就今日的你，若是一群整日只知好逸惡勞，夢想別人可以給他什麼，滿口怨懟人生的不公平，常常批評別人的是非，那自己將慢慢習慣那樣思想與結論，最後耳濡目染，所謂「海邊有逐臭之夫，物以類聚。」

但相反地，慎選自己的朋友，是一群有才德，並且積極正面，每日珍惜上天所賜分分秒秒，不斷充實自我，對周遭經常問自己可以付出什麼？相信慢慢地自己亦會加緊腳步，最後將成為社會上有貢獻的人。

（二）成功的背後是努力

當小孩呱呱落地時，是哭著出世，所以有人說我們生下來註定是要受罪的，因此在人生旅途中，絕對不是平坦快樂的，當自己面對問題與挫折時，一定要勇敢的面對現實接受它，並找出真正的原因克服它。冰山往往只露出一角，其餘都潛藏在水裏，只要深信自己的能力與自信，再付出行動，那有不成功的道理。

人生下來原本就不公平，有些人是出生在富裕的家庭，有的則生於貧困的家境中，不管是富裕或貧窮，但若不經學習與努力行動，都不能創造豐富美麗的人生。

當你訪問這些成功的人，成功的感覺是什麼？相信他們都會給予肯定的答覆：「非常棒！」但是背後所延伸地是他們付出多少的血汗，這點更值我們深思與學習；最後再告訴自己——我是一隻老鷹，我不是一隻雞。

（節錄八十六年《桃源集粹》桃園文藝選集第十四集）

白紗女孩

這裡是台大的安寧病房，病房靠著窗戶旁邊躺著一位二十出頭的女孩，女孩一直望著窗外遙遠的地方，神情似乎在期盼著些什麼，讓人看到這一幕，經不住想問問女孩的故事。

原來女孩在來這裡之前有一位相識多年，非常要好的男朋友，且已經論及婚嫁，有一天女孩肚子突然非常疼痛，送醫急救，經過檢查才發現是胃癌，從此便住進醫院治療。在病房在病房醫療期間，這位男朋友一直沒有來看她，連一通電話也沒打過，而使得女孩心情一直悶悶不樂，病情持續惡化中，所以她的父母一直尋找這個男朋友的消息。

有一天，終於這男孩來到病房中探望女孩，走到女孩的面前，拿著一面鏡子交給女孩。

「您看看！您看看！現在的模樣，您說我還會娶您嗎？」那位男孩說完了掉頭就離開病房。

女孩看到鏡中瘦弱沒有任何血色的臉，且男朋友所說的每個字，字字都坎入她的心中，從那天起不再說任何一句話語，亦不吃任何東西，因此院方將她轉入安寧病房。

女孩每天默默不語，望著窗外的天空，護士小姐看到這樣子常勸導她要堅強勇敢地活下去，一次兩次不厭其煩地誘導她，耐心的鼓勵她，終於女孩願吃飯與配合，勇敢的接受痛苦的化療。

有一天，女孩緊握著好心護小姐的手說：「護士小姐我能不能有一個請求？」護士小姐說：「您說，是什麼事？只要我辦得到，我一定儘一臂之力。」

女孩說：「我想穿白紗，打扮成新娘子一樣，您一定要幫我完成這個心願，我會非常非常感激您。」

護士小姐看到女孩渴望的表情，於是向她家人說明，而她的家人卻不諒解地說：「人在醫院中作治療，命都有問題，還管什麼白紗禮服。」因此不理會此事。但是好心的護士小姐，依然履行她的承諾，請求其他的夥伴一面準備婚紗禮服、頭紗及化妝品等等，一面著手佈置房間，女孩的家人眼看外人都如此關懷厚愛女兒，而自家人卻如此冷眼旁觀，才在感激的心情中投入準備。

整個病房一下子，佈置為辦喜事的閨房，整家醫院都知道有間病房在辦喜事，並且期待看到女孩穿婚紗模樣及向她祝賀。

醫生、護士們直到有一天女孩病情穩定，可以起床了，護士們開始為女孩梳妝打扮，並且為她穿上白紗禮服戴上頭紗，當整個梳妝完成之後，女孩向護士小姐借了一面鏡子，女孩一直看著鏡中的自己，足足看了將近十幾分鐘，然後抬起頭來，向護士小姐說：「您看我是不是一位漂亮的新娘子？」

當女孩說出這句話時，在場的每一個人都感動地落淚，並且一一向女孩握手說：「您是世界上最漂亮的新娘。」在這一天女孩渡過非常開心的一天。

到了晚上，女孩請求護士小姐讓她穿著白紗入睡，護士小姐點點頭說：「好！」

晚上護士小姐巡房時發現女孩臉上嘴角是笑著入睡，想必今晚一定正在做個好夢。

第二天，女孩非常興奮握著護士小姐的手，急忙說：「護士小姐，昨晚我做一個夢，夢見我在教堂裏進行婚禮，整個教堂都放結婚進行曲，好美！好棒哦！今天可否在我房間裏播放結婚進行曲呢？」女孩說完之後，雙眼閉上，兩手合併在胸前，似乎整個人都沐浴在結婚進行曲中，享受夢中的情景。

於是護士小姐答應了，為她播放此曲，整個早上女孩都展露她那興奮的喜悅，只要見到她的人，都被這神情所感動。

下午約三點多時，突然之間，醫師快步如飛到病房，護士們亦不斷準備許多急救的措施，整個房間剎那間開始緊張，腳步的急促聲，及醫生呼喚護士準備急救的聲音，接著家人陸陸續續來到女孩的床前，整個房間彌漫悲傷氣氛。

女孩深深吸一口氣，慢慢張開雙眼，看著床邊的家人、醫生及護士朋友們，笑笑向著那位好心的護士小姐，並伸出她那纖弱的小手，護士小姐很快向前緊緊握住，女孩說：「謝謝您！我永遠記得您們完成我的夢。」在說完之後，女孩帶著滿足的笑靨離開了人世間。

（節錄八十六年《桃源集粹》桃園文藝選集第十四集）

蜘蛛是好，還是壞？

一、話說「蜘蛛事件」

我看過許多不同種類，形形色色的昆蟲，但能使我留下深刻印象，孜孜不倦地，反覆研討後，產生許多興趣的感覺。說來好笑，百中無一，尤其孤居的昆蟲動物之中，能使我產生興趣與好奇的只有蜘蛛。

也許有些人，認為我真是一位奇怪的人，因為誰不知道所有昆蟲中，具有特徵與教人喜愛的也不少，怎麼會愛上人人喊打，人人討厭的蜘蛛，還乘興而發生極度的興趣呢？說句內心話，連自己都不敢相信這是事實。

社會上，確實不少大小事情的發生，有些是偶然的，有些是意料中的，還有些是人為的。每當假日，常伴孩子上虎頭山，記得有次，突然發現一顆老榕樹，有兩隻蜻蜓在蜘蛛網內，其中一隻不幸撞著蜘蛛網而被捕，雖然顯得非常痛苦，但牠想把網線掙斷飛出去，可憐的蜻蜓只有作臨死掙扎，另一隻蜻蜓虧能避開蜘蛛網，但也只能在網外自由自在的飛來飛去，牠心想自己能死裏逃生，在網內的同伴卻死不瞑目，怎麼不痛心呢？

因為問題發生得大出意外，嚇了一跳，就在這個時候，蜘蛛方面的人馬立即公開發表為自己有利的所謂「蜘蛛事件」的來龍去脈，當然完全不考慮內容的真假黑白，更不重視自相矛盾的法規，只對於自己有益的前提下行事，其內容的重點是說：蜻蜓營區不知何故，昨晚突然破例，事先不做任何協調，祕密的派出一隊體格高大的蜻蜓先發隊攻擊我方，無緣無故的打傷手無寸鐵的我方(蜘蛛)營區小兵。

不錯，我方善於作戰，但我們不隨便用於攻擊，而是用於抵禦，換言之，不是侵略，而是預防，更不會有攻無裝備的士兵；況且，我方出外活動多在白天，很少在晚間。至於死在網內的蜻蜓是自投羅網而死的，並非戰鬥而死的。我方絕不做以卵擊石，必敗之勢的弱者。因此，我們慎重的公開宣佈：「蜘蛛事件」發生的真正動機在於蜻蜓，並不在蜘蛛，蜻蜓不該採取惡人先告狀，以先聲奪人的惡劣方法迷惑大眾。

第二天，蜻蜓方面也不甘示弱，提出嚴重地反駁：昆蟲界，誰不知道，蜻蜓是最重視和平相處，不做橫行霸道之事，反觀，蜘蛛天生善以戰鬥為主的一貫作法。雖然我們不敢斷言，誰所說的話絕對正確，尤其蜘蛛的身體，構造部門確實許多地方是非常有特色。這一點，經過數次的觀察檢討，並從多變、多元化社會形態考量後，亦以科學化的廣泛求證，也使我進一步了解，蜘蛛想要用武力侵略弱鄰，因此不少近鄰弱者，提醒一向不大重視我們，為了自衛應該整軍經武，於是應情勢所需，也逐漸變化實在難免。

我們一向說公道話的，將這些整頓下來的威力，幾乎全用於生存生活上，由此一來，從另一角度看，效果上的確合符應有的使命感，可是從永遠的社會價值觀而言，這種制度和作法應該不容許產生，才是大家努力奮鬥的理想路線和目標。

有鑑於此，無論那一種生物，為了達到生存的目的，應不斷地在任何征途上奮鬥，最好為了穩定社會安定，不可輕易的評斷蜘蛛好，蜻蜓壞，或蜻蜓好，蜘蛛壞；凡評斷人事物都不該只有看表面，必須客觀研究，冷靜思考，才會在共識中得到公平、合理、合情的結果。

說到這裡，該浮出檯面的長處短處，是和大家說所關心的蜘蛛特殊構造的時候了。

其實，蜘蛛非常固執，加上懷疑心太重，始終不透露任何一句話，為什麼？理由何在？理由簡單的很，牠是昆蟲，不是人，既是啞吧又是聾子，不識字、不寫字，你怪不得呀！

二、蜘蛛的構造和特色

經過許多時間的力所能求，仔細觀察和井井有條的研究，終於發現蜘蛛身體上的組織中，確有幾樣天生構造比人類或其他動物的構造優異的多，其中，最特殊和頗具價值的，所謂的「完全構造」特此介紹如下：

◆蜘蛛有八隻眼睛

據了解，包括昆蟲在內，所有動物的身體構造中，最令人羨慕，最特別和最具價值的是，蜘蛛天生有八隻眼睛，比天下所有動物多出六隻，同時八隻眼睛又大又亮，加上行動敏捷，少了六隻眼睛的動物與昆蟲，無論視界、視野、視線，就是說「視力」，目光所看得見的外界範圍比不上八隻眼睛的蜘蛛是理所當然，也是不在話下的。

一般來說，絕對多數的人，不敢輕易地接近蜘蛛。由於蜘蛛動作靈敏，如果你一不小心，萬一附近有蜘蛛網，牠認為機會來臨，很快就向你攻擊，後果都相當麻煩，因為古早人講：「被蜘蛛咬了，沒藥醫。」在醫藥高度發達進步的今天，這一句話，說不定已經成為歷史名詞，但也許改說：「不容易醫好，或許還算可以救啊！」

研究一種問題，要獲得滿意的結果，必先充分明瞭原因，因此，有果必有因，在此就會聯想到，上天為何多六隻眼睛給蜘蛛，雖然迄今尚未發現八隻眼睛的正確答案，但我們深信科技高度發展的今天，很快都有好消息，因為佛教所說的因果報應就是同樣的解釋。

◆蜘蛛嘴邊生有一對鉗

蜘蛛的構造中，另一特色是牠的頭部和腹部都配合強硬的外衣範，其他的昆蟲想刺進蜘蛛的身體，手或手腳任何部位的肉體也無法刺進去，連比胡蜂體大或雌蜂尾部有毒刺的黃蜂的刺也都難以刺進。

牠的腳是由堅硬的爪所製成的，腳的長度像長尖槍，用作預防抵抗各種攻擊者之用。

除此之外，嘴邊長著一對鉗，作為割害或保守已經捉在爪中或在網中奪獲的用途。這些特殊的傢伙，足可做為有效的防禦與安全自衛的行動。

◆紡織的鼻祖？

除此之外，上天也在蜘蛛身上賦予一種膠黍的液汁，這種液汁是牠下身最頂的地方，就是（紡織器）吐出數根蜘蛛絲，若其中一根絲能附著在牆上或樹枝上，牠會切斷其他絲線，並增強這條絲線的強度。接著就以此絲線為基礎，紡出四角形成不規則狀的骨架，但這些絲線都沒有黏性的。最後，再以有黏性的絲線圍成螺旋形，用來捕捉昆蟲，蜘蛛網的形狀其種類而有不同，但亦證明蜘蛛很會佈局，而人類是否藉以結網，引發我們紡織的啟動呢？

◆百腳咬了蜘蛛醫

有一次，我耐心的試驗看看，一隻蜘蛛到底能做幾個網，所以看到做網的牠，不太注意的時候，用一枝樹將蜘蛛網弄破了，當毀壞這個網的時候，熟悉的蜘蛛用大眼睛一直瞪著我，看來想要報復似的，衝了出來，所幸自己跑得快，不然手就被咬到了，從此遠而觀之。

另一點值得一提的是，昆蟲成長中，每一年要換一次牠的皮，又要換一對腳。有一次，我站在靠近牠的地方，牠突然緊張起來，還怕我再去觸碰牠的網，不論是那網的一部份，牠立刻要跑出洞來，預備著抵抗或攻擊，因此，除非你跟牠相當熟悉，否則，盡量不可靠近網，免得遭遇意外受傷，萬一被蜘蛛咬傷了，麻煩大了，俗語說：「百腳咬了蜘蛛醫，蜘蛛咬了沒藥醫。」

◆「蜘蛛」命名的詮釋

蜘蛛是最希望建房和搬進新房的，不對，我應該說：如果蜘蛛只知住的合適，不願搬家，很快都沒有地方住。雖然當前很開心，很滿意，但蜘蛛網畢竟是草屋，在危險的四週中，一轉眼都報銷了嗎？因為天做事並非昆蟲所能追上的。

所以蜘蛛為了生活安定，性命安全，只要時間許可，最好經常到處走走，一面尋找糧食、另一面那一個地方做網較為適當，只要發現各種條件合適，牠都躍躍欲試，立即著手做網，從這一點就可肯定蜘蛛的聰明，又是善於把握機會，也是不輕易讓其從身旁溜走。

機會多失於只知等待，而又遇到事躊躇著，於是從這點也可明瞭蜘蛛何等聰明靈敏。我十分敬佩先民造字時，都肯定蜘蛛的聰明，所以命名時，用「虫」字旁邊多一個「知」字，即「虫」字和「知」字兩字合併為一字，即「蜘」字，表示，是昆蟲中知識最高，最聰明的昆蟲。同時時用「朱」字作第二個字。用「朱」字，我個人認為古代的人，「朱」字是代表正紅色，豪富人家的大門常漆紅色，從牠命名為「蜘蛛」來看，並不是隨隨便便命名的，是幾千年前，或許更早的先賢，眼看這隻昆蟲很聰明，很有錢就肯定牠的名為「蜘蛛」，代表知識與豪富，我這樣詮釋毫無過份吧！如果有人覺得我錯，我絕不加以辨解，會由衷的表示感謝。

三、「蜘蛛」時好時壞

本篇的題目是「蜘蛛是好，還是壞？」意思說：你認為蜘蛛究竟是好昆蟲或壞昆蟲？是一句問話，因此，現在應該是提起答案的時候了，其實，答案單純，與氣象報告一樣，有時好，有時壞，只要做好事不做壞事，就是好，相反就是壞，兩者之間，誰都可以清楚的分辨了。

自己對先前的觀察必須補充一點說明，當我說：蜘蛛不像我們幸運，只有八隻眼睛優於人類以外，雖有八隻眼，卻一個字都不認識，有口只會吃東西，不會說話，有耳朵，可惜聽不懂，應該說是聾子，因此，我們要研究牠們的一切的一切，包括身體的構造，結網的技術等等，完全靠自己眼睛去觀察，用自己大腦去想，遺憾的是要看的時候，必須偷看，否則萬一被牠們發現，怒氣一發，攻擊就來，後果都不堪設想了，因為俗語說：「百腳咬了，蜘蛛醫，蜘蛛咬，沒藥醫。」

（節錄八十九年十一月十八日《桃園婦友文選》第四居婦女徵文比賽期待豐收單元）

孩子！我們伴你一起成長

一、重回母校的懷抱

曾經聽一位教育家說：「小孩子就像路旁種的小樹苗，剛開始需要依靠一些支撐，將它扶直，慢慢成長，最後獨立茁壯。」選擇一個良好教育環境，對孩子的未來成長過程幫助甚深。

自己幼兒時，曾就讀德來幼稚園，記憶中它是一所天主教幼稚園，事隔數十年，第一次為孩子入學，前來參觀學校簡介與觀摩教學，進入校園，人、事、物早已變了，唯一不變地是——藍色的圍兜兜。

看到辦公室桌上，壓著一張榮獲政府評鑑「優等獎」的獎狀，心裏想探索的是，何為蒙特梭利教學，時代不斷轉變，強調「人本教育」，如何讓孩子在快樂環境中學習，是現代「教育」與過去最大差異，我的孩子如今已在這所幼稚園就讀近三個學期，身為母親的我，在這段日子裏，學校及家庭配合互動中，和孩子一起學習與成長，願藉此經驗與感想分享其他家長，互相討論與指教。

二、尊重「人性」的教育，孕育「準備環境」

在教室門口前面，掛著課表上面寫著「……工作」，及混年齡教學學生名單，教室裏是像辦公室一樣區隔坐位，中間擺設許多櫃子，裏面放著乾淨、整齊的教具，學生們不像我們以前一樣排排坐，單聽老師站在講台前面講解，而是各自安靜坐在教室裏，或走廊上，趴上地毯，專注操作教具，而老師則在一旁靜觀每位學生情況，這就是我首次接觸蒙特梭利教學情景印象。

在蒙特梭利教學中，提早給孩子一個「準備環境」，及在「敏感期」給孩子「工作」需負責任的態度，而非「遊戲」是不需負責的觀念。在操作教具中，不斷讓孩子從學習對「錯誤控制」處理，而老師亦會事先尊重孩子，在一件經自由選擇而來的有趣工作裡，讓他專注其中的樂趣而學習，進而實際了解需要什麼的動機，當遇到問題與困難時，再請求老師協助指導。在這裏孩子是主動，而老師是被動，孩子像是主人，老師如同僕人，主人需僕人協助時，則僕人會給予適時幫助、獎勵、讚美。

「混年齡」教學是另一特色，因此同一層樓中，有大班、中班及小班，混年齡教學時間一到，各班被分配的學生，會在一起工作。其實，幼小的孩童對年長的孩子所作所為是很熱衷模仿，而年長幼童對幼小的孩童，則同樣很高興分享所知道，並教導他們。

孩子們的世界，所產生的互動，是很容易共鳴的，在「人性」中，在每位小朋友都能為自己所做的事情，感到快樂而滿意，沒有自卑心作祟，而引起的嫉妒與競爭，也不會因虛榮心作祟而自我膨脹，校園裡的兒童，充滿著活潑歡樂的互動，這亦是我的孩子自今仍喜歡上學的因素。

三、注入一股愛的力量

擁有一個軟體的配套（蒙特梭利教學），但若無一個硬體設施，及一群志同道合的人共同努力，這個崇高教育理念是很難實踐。

德來擁有一群修女無怨無悔的奉獻，加上一群對人性有興趣，對兒童有耐心、責任與熱忱的老師們，更有一位喜歡求新知，不斷迎接時代挑戰的園長（趙義達修女）領導掌舵，大家群策群力，才能使這所老學校仍在成長，並獲政府與社會肯定。

德來有一塊空曠的空地，可以讓孩子奔跑、玩遊戲，甚至辦活動。花園中與校園裏，擺設的遊樂器材雖然不多，事實充分空間運用，比任何器材來得更豐富而多變化。

老師與職員各盡其職，堅守崗位，修女們協助校園整理環境，及負責餐廚，難怪孩子口中津津樂道，修女奶奶辛苦煮什麼東西給我們吃，幫我們做什麼事。

心中記憶最深一幕是——聖誕晚會，校方精心安排節目，及化粧舞會，家長各自攜帶餐點，互相分享佳餚，與話家常，孩子們開心穿戴父母親自為他們設計創意的造形，場面可謂天真可愛又溫馨，不是花大錢籌辦一場華麗的晚會，卻是安詳、快樂、感恩的晚會，雖是寒風之夜，但卻帶給參與者一幕幕感動而美好的回憶。

四、學習是關鍵，成長看得見

「孟母三遷」證明環境很重要，「揠苗助長」的心態急不得，現代父母對質優的觀念，是重質不量，相對孩子亦生得少。時代日新又新，選擇良好環境，慢慢伴隨自己孩子是重要的，但亦要記得，關心他並與孩子共同學習更是重要，否則他會說：「爸！媽！您落伍了哦！」

節錄民國八十八年德來幼稚園四十週年紀念刊物

小時候的記憶，如同收音機點滴從耳邊響（想）起。

所看、所思、所學、所有

一、前言

「出國」並不是一件了不起的事，但出國走走看看不同民族、不同國情文化卻可增廣見聞，所謂：「行萬里路，勝讀萬卷書」，尤其若能在青少年求學期間出國，安排各種不同的旅遊，儘管是走馬看花的深入，它的意義與價值，將遠遠超過學校書本裏所傳授的知識好幾倍，並且終身受益無窮。

近來從報紙及各媒體一再報導教育改革，實施週休二日，再看到前縣長呂秀蓮女士帶縣府一級主管出國考察等訊息，使我回憶起高中時期，一些教學帶給我日後的啟蒙與影響，尤其是第一次出國的經驗，使我日後對人生有著不同的看法與學習的期許。

自己以前就讀在台北市創校即將百年的私立稻江商職，校長是國大代表陳璽安先生，在校期間就曾大膽試辦一些教育活動，以及每年安排師生做國外（美、日、韓）姊妹校互訪等活動，就在民國七十一年十一月我參加校長帶領師生十五人一起到韓國與日本進行姊妹校互訪十天，距今已是十五年的往事，對曾遊玩的地方及人物，雖人事已非，但十五年前所看、所思、所學、所有的點點滴滴仍常駐心頭，翻閱著老照片，想敘說的，不是名勝古蹟與旅遊當地的情形，而是想分享一些比較不一樣的心得。

二、韓國之旅

第一站韓國漢城女子商業姊妹校，在行程的安排是白天乘坐姊妹校車參觀漢城附近的奧運選手村及運動場設備、板門店、民俗村、皇宮及國際太空展覽會等地方，而到下課時間回到學校，由雙方分配一位韓國同帶一位我校同學回家，分享家庭生活，並私下與同學們進行友誼的交流。在這四天行程中，值得一提有兩項：

（一）同學家庭生活：我被分配同學的與我同年，漢名金英素，家有老祖母、父母親及一位弟弟共六人，一進她家，居家擺設及牆上掛著書法、國畫佈置，就得知是書香門第，家境不錯。父親在公司擔任高級主管，母親為家庭主婦，研習書法，能寫一手好字，並當場贈予竹簾包裹的毛筆乙支，祖母笑容滿面，和藹可親，身穿傳統韓服，而弟弟就讀國中，略帶害羞，不好意思與我說話。第一次有外國朋友坐客，因此全家招待我到中國餐館用餐，回到家中為表心意，呈上從家鄉帶去的龍潭茶葉，大溪的豆干、花生及自己編製的中國結等禮物。

在英素房間，看到書架上擺著論語與孟子，她拿給我翻閱，看著密密麻麻的註解，就得知研習的苦心，那時真為身為中國人而感到驕傲，因為別的國家百姓正在學習中我國文化。在第一天到韓國時，姊妹校的翻譯正是該校漢文老師，歡迎致詞中，真可說上一口標準國語，令我非常驚訝！日後並不斷向他請教一些韓國簡單問候語與習俗。

韓國人在重要場合皆會穿著傳統韓服，英素開心取出兩套韓服，我們一起穿上，與家人一同照像留念，在韓國居留那幾天，都深受她家人的愛護與照顧。

從這次家庭分享經驗中體會到，雖為不同國籍，只靠簡單英文，漢字及身體語言，但雙方的誠意有時盡在「無聲勝有聲」中流露出來，且在第二年英素亦參與姊妹校互訪，來台灣換我們全家熱情的招待。

（二）對韓國的感覺：從私下與同學接觸，感覺到韓國民族觀念與民族自信心的強烈，人人力爭上游，奮鬥求進步的精神，尤其從正準備籌辦奧運會，從參觀選手村及運動場，街道規劃等，還有舉辦博覽會場各項盛大設施，在在顯示全民上下一心，準備迎接奧運那一刻，可讓韓國人的光榮展露在世界每個角落。

一般百姓的生活並不像台灣生活的富裕，從食衣住行來看，「食」會在飯中放置一些雜糧一同煮食，每餐有泡菜，及簡單青菜，非常節儉。「住」的公寓梯二、三樓不停。行的方面除非家境不錯擁有私人轎車，否則以機車、公車代步。

參觀百貨公司，貨色並不多，客人稀疏，且韓國人提倡愛用國貨，排斥舶來品，尤其是日本貨，這點從金英素來台灣時，不買資生堂而堅持買美爽爽的化粧品，就可見他們的教育已潛移默化到學生的思想中。想到這點對台灣來說，我們卻顯得有些媚洋，尤其喜歡日本產品，以致對日貿易逆差，政府對經濟平衡還大傷腦筋呢！

三、日本之旅

結束韓國四天行程，接下第二站就是日本，從大阪、名古屋、京都、東京，共計六天，其中遊覽大阪花季展、遊玩東京，參觀京都，寺廟及日本合服介紹表演，遊富士山，最後到達東京姊妹校訪問及參觀短期大學，遊玩東京鐵塔等地，再加上自己表兄嫂私下安排會面相聚。

（一）不愧是亞洲先進國家：一下飛機，沿路下來，完全與韓國不同，形形色色的旅客來自不同的國家，街道整齊而清潔，大樓林立新穎，路上行人忙碌而快步行走，道路車輛多卻不混亂，沒有聽到亂按喇叭的聲音，井然有序，遵守紀律，不愧有先進國家的風範。

在旅行當地名勝古蹟，對古蹟的維護，歷史的陳列，介紹的詳細完整，遊玩的遊客不高聲喧嘩，排隊守秩序，不隨地亂丟垃圾及吐痰。參觀百貨公司或商店購買，服務小姐親切有禮貌的服務，這些真讓我體會到已開發國家國民生活水準，不論從文化、教育、經濟到各項建設等方面來說，難怪國內會出一本書《日本能，台

灣人為什麼不能？》

（二）趣事一談：富士山的白雪覆蓋山峰聽說是最美麗，可惜去時正逢陰雨天，所以無法欣賞到，到了富士山山上的旅館，校長交待回房休息、洗澡、用餐時穿著房間內日式睡衣到飯廳集合用餐，時刻一到，一看有的同學裏面穿好幾件衣服，而睡衣似乎是形式般套在身上，其時屋內正放著暖氣很溫暖，並不需穿毛衣及長褲，校長笑著解釋說：「要你們洗完澡，穿睡衣，是要輕輕鬆鬆像家人一樣一起用餐，在日本洗澡有的是在開放式公共浴室，男女一起洗澡，洗完澡穿上一件睡衣，裏面不再穿任何衣服，那才舒服不拘束呢！」我想起大人們說日本人「有禮無體」，不過我們在傳統保守思想下，深怕穿幫，那還敢嘗試洗公共浴呢？

（三）自助餐記：日本人對吃方面擺式注重精緻、清淡、鮮美，東西都是一點點，但價格卻非常驚人，或許是日本物價水準比台灣高，而且口味上亦不大合我們的口味，因此除特殊幾餐吃日本料理，一般在飯店裏則是採西式自助餐。

「自助餐」這名詞現已不陌生，但它十五年前對我第一次的影響力卻很深遠，校長帶領我們進餐廳之前，首先說明自己有一個盤子，到食物區取用自己喜愛的東西，吃多少就取多少，不夠再去拿，千萬不要在餐盤內剩下食物，那是一件非常不禮貌的事。

國人到現在，有些人仍對自助餐抱有「貪小便宜」的心態，認為花錢就要吃到飽，吃到滿意，甚至專挑名貴幾樣菜吃，取量非常不合常理，結果就剩下很多的東西在盤內，令人看了不禁搖頭說浪費，有如此深的感觸，就是受到第一次影響。

（四）訪東京姊妹校：穿著校服，校長帶領我們進入姊妹校門，此時已有多位老師等候在外，見到我們非常恭敬行禮歡迎，引導我們到走廊換上準備的拖鞋，進入教室參觀，教室及走廊地上全部是舖著木板，非常乾淨與樸實感，首先到招待室舉行姊妹校互換禮物，坐在我面前的日本同學是松田里美木大我一歲的女孩，在交換禮物時，校長要我們熱情一點，因此我主動在她的臉頰親了一下，或許是這一熱情舉動，拉近之間距離，使我們通信保持了兩年多，等到畢業，就沒有再繼續通信了。

隨後安排參觀學校的商業課程，觀摩學生在校裏試辦存款業務、福利社買賣、及模擬國際貿易的買賣行為如報價、開信用狀、打電報等資料，雖與我們學校所教導類似，但卻更活潑更深入其境。

「花藝」與「茶道」是日本傳統之一，在日本女子視為結婚前必須具備的教養和風尚，因此姊妹校亦安排我們參觀她們傳授「茶道」的課程。「茶道」是日本傳統之一，須遵照一定的程序做法，其目的是為了使主人和客人於品茗時能以茶會友達到心靈共識。初次以日本人坐姿上課，不到十幾分鐘，雙腿已開始發麻，心想大概是如此，日本女人才擁有一雙蘿蔔腿吧！

姊妹校環境非常乾淨，整齊與寧靜，教室及走廊是與運動場隔開，大家到運動場時需換上布鞋或鞋子，才能盡情在運動場中舒展筋骨。

（五）參觀短期大學：對日本人來說「人類創造力」是最大資源，因此在日本就職條件講究的是能力，而與出身階級，家庭背景、財產幾乎沒有關係。評價個人的能力則以其畢業於何種學校，學了什麼來衡量。尤其以日本的國家資源及發展各方面科技來說更需要專業人才，因此不但一般公私立大學、高等專門學校，還有短期大學二年制，皆有許多是由財團投資鼓勵而設校，藉此機會學校亦安排我們參觀一所短期大學，介紹外國人如何第一年學習語文，然後再由學校安排申請就讀短期大學或者其他學校學習課程選修資訊及簡介資料。

目前國內一直在推行社區大學及終身育學習等，日本早在十幾年前就已經推動，對社區大學的誘因，及課程、學分的選修設定，相信日本有許多經驗值得我們參考與分享學習。

（六）採購記：日本百貨公司約到下午五點就打烊，回國前二天導遊安排到地下街，讓同學們採購買東西，日本的物品不論是色澤、款式設計及材質，稱得上貨真價實，並相當雅緻，由於第一次且與校長老師們一起出國，並沒有攜帶很多錢，自己認為這些東西在台灣都買得到，因此除了特殊地點購買些紀念品及名產之外，並沒有打算採購，所以一直跟隨著導遊身旁詢問所看到問題，但看到同學們，左手三大包，右手四、五包的袋子瘋狂採購，令我觸目驚心。

記得當天晚上，因與表哥在飯店有約，所以校長夫人先帶我回來，坐在計程車裏，前有司機，旁有校長夫人，而後面的我已淹埋在同學交給我的所有紙袋堆裏，一到飯店門口，服務生原是推小的行李車，見此狀馬上換特大的，並幫忙送到房間，在電梯裏還驚訝指著這全部都是兩位買的嗎？那時只見校長夫人微笑，而我卻希望當時能找個地方躲藏起來。

（七）訪親人：在自己的國家要創業已不容易，而在異鄉成家創業更為艱辛，表哥表嫂是一起在日本讀書相識而成家立業，表哥雖是明治大學畢業，但在排華心態，求職甚為困難，最後被英商公司任用，倆人在台灣家境皆相當富裕，但本著中華吃苦耐勞民族性，終於在東京擁有一家貿易公司，並且在東京市買下屬於自己的透天房子，育有二子，這份歷練雖飽受波折，由於夫妻同心協力，今天才能在異國享有一席之地。

嫂嫂不但在貿易協助哥哥，在教育兩個兒子，仍不忘本，讓他們學習國、台語、甚至常從國內帶「國語日報」研習中文，用以增加孩子的語文能力。這些點點滴滴讓我非常感動與欽佩，更感謝父母親能讓我擁有這次豐富的東瀛之旅。

三、回家的路上

在飛機上，滿腦海一幕幕的回憶過程，期盼趕快回家分享快樂給父母與弟弟，因為家住桃園市離機場甚近，所以不想浪費國際電話費，心想一下飛機，辦理出境手續前打電話回家即可，那知父親正好開車出門，只好訓練自已獨立能力，拎著行李箱尋找回桃園的公車站牌，此時正巧碰到校長出現，得知情形順便送我回家，在這回家的路上，與校長互換彼此心得與收穫，校長對我們此次拜訪姊妹校之旅的表現感到非常滿意，我亦趁機表明感謝他安排這次出國機會，這種機會不是一般學生或其他學校所易得到的經驗之旅。

（節錄八十七年五月四日《桃源集粹》桃園文藝選集第十五集）

疼惜、愛惜我的長輩們，謝謝您們！

台灣第一位本省級的國小校長——廖秀年女士現年92歲。

魯冰花的作者——鍾肇政老師，現年80歲。

85年到文化中心與前理事長張新金先生（中）合影，為了取這張照片成了我進入文協的跨腳石，現在張新金先生已87歲。

夫唱婦隨的戚宜君夫婦。

93年暑假帶領17個家庭到監察院參觀，全程由趙委員昌平先生給我們指導與介紹，讓大家有一趟不同的文藝之旅。

多才多藝的邱傑先生，94年在中壢藝術館舉辦「山海尋找」石頭展。

陪伴油畫家賴傳鑑老師及彩墨大師吳長鵬教授參觀桃園市卡門畫廊沙耆作品展。

有幸在93年台陽美展於桃園縣文化局，與林玉山前輩合影。

與吳鶴年老師一同參加92年省協舉辦新世紀中興文藝獎，
會中與司馬中原老師合影。

參加92年省協舉辦文藝獎，很高興與詩人余光中老師合影。

紅塵滾滾

紅塵滾滾，艷陽蒸蒸，在恒河砂般無盡的世界裏，自己就像一顆渺小的沙，現在的我是把它擺放在那裡呢？有沒有不經意時，放到別人的眼中，有如芒刺在背，令人不舒服；還是，沉澱在大海中，學習品嘗孕育生命的力量；或者，高高飄上無際的空中，像小星星似的，偶爾，綻放微弱的光芒，讓別人欣賞。深沉的聲音，正在呼喚我、叫醒我，精進吧！學習活在當下，珍惜生命的價值。

一池水，一波念

今年新春，因緣際會，參與法鼓山菩薩戒，已經過了一個多月了，整理一下這顆浮浮沉沉的心讓它沉澱，果然感觸良多，也獲益匪淺。所謂「功德」和「回向」，事實上都由這顆心發起，擁有往美善提升這顆心的人，就成為最大的受益者。

三天靜語，拜懺念佛，聆聽聖嚴師父的開示，然後循禮受冥界的菩薩儀禮後，自己再受菩薩戒儀禮。當中師父開示的一則故事，如醍醐灌頂，啟開了我埋藏心中的智慧，意念隨之轉變，化解許多惡念，當然福報也隨之而至。

師父說：有一次他到美國參加一個會議，會場旁有一座游泳池，當時天氣很好，池水清澈可見底，風平浪靜，池面一點波紋也沒有，僅見一顆汽球漂浮在池的一角。師父心想，來做個實驗——「興風作浪」。因此用手輕輕壓一下汽球，水面馬上以球為中心點，向外起了一波波的漣漪，一碰觸到四周的牆壁，那漣漪又開始傳回來，而師父一直繼續一下一下觸壓那顆汽球，水面來來回回的波紋互相激起浪花，也因水面的動，帶動空氣中的動，真是「興風作浪」啊！師父藉由這個實驗，提及一個「念」的作用是何等深遠！而菩薩戒中三聚淨戒，就是在修「止一切惡，修一切善，渡一切眾生。」的「念」。

不知平日自己傳達多少惡念，才會有這麼多無知的煩惱啊！而又不知自己生前有修多少善，今世能受這麼多的福報。所以師父期待這短短三天的時間裡，用上課與開示的方法，能否於「士別三日，刮目相看」而開悟。自己笨拙的學習，體會出的方法是用「慚愧心、懺悔心、感恩心」來洗滌自己的心靈。記得，國小時，老師常教導我們「一日要三省」，若用師父教導的這三顆心來省思，是否能讓自己少犯一些錯呢？

因此，一回來就開始學習誦心經，每天向菩薩頂禮一百下，祈禱開啟我的智慧門。每天頂禮中，經常感覺無數位恩人在眼前一個個的閃過。偶爾，自己有問題時，腦海一念來，恩人便也一個念的回答而去，這種奇妙的體會真是無法用言語形容。

師父又開示說：「戒的功能，在清淨與精進」，而「有戒可犯是菩薩，無戒可犯是外道。」，絕不是「知法犯法罪加一等。」如果認為受戒之後，馬上可以用與聖賢人的標準來作要求，那是不對的，真正的「戒」是常淨化自己的意念與行為，因此要常用「慚愧心、懺悔心、感恩心」來自我反省。

感恩父母賜予我生命，感念這一路扶持的貴人，更感謝成長過程中，曾賜予磨練機會的人，這世界的知識是這麼的淵博，而自己的生命與見識又是那麼微乎其微，因而不斷犯下無知的錯。「往昔所造諸惡業，皆由無始貪瞋痴，從身語意之所生，今對諸佛皆懺悔。」祈求菩薩保佑，也冀望前輩提攜指點這經常迷途的羔羊。

（節錄九十三年五月四日《桃源集粹》桃園文藝選集第二十一集）

甜美的糖衣

「讚美是甜美的毒藥。」警政界的前輩王一飛先生曾經說過這樣的一句話。

每個人都喜歡聽好聽的話，縱使虛假也喜歡，這是人性的弱點，倘使一直沉溺在這些虛假的暈眩之中，無法坦然誠實與檢討自己的得失及學習的態度，終究會迷失自己。但在這現實社會環境中，無論是身旁的人或連自己，有意或無意間，都會為了達到某些目的，表現出一些不夠真實的語言與行為。

記憶中的童話對白：「魔鏡啊！魔鏡！世界上誰最漂亮？」……「女王最漂亮！」……「不！白雪公主最漂亮！」還是小女孩的我，最期望的答案當然是白雪公主最漂亮了！歷經時光歲月流轉，在複雜的社會環境與巧言令色的成人社交的洗禮中，現在的我面對鏡子的答案，又是如何呢？鏡中的虛虛實實，就如同玻璃塗上一層汞，背面的朱紅色，又如同肉體內那顆赤紅的心，深層的反射與交應，跟外在的呈現與表達，有沒有表裡一致呢？

人性的弱點在渴望肯定與讚美啊！為了不斷得到甜美的讚美聲，必須膨脹誇耀自己的好，需巧妙運用小聰慧，討好身旁有利的人事物，以鞏固自己的地位，以便享用換來甜美權力的滋味。

漸漸地安逸於現狀，忘了自己曾經歷困難與挑戰的磨練，忘了曾為追求高尚的目標，而學習自制、自律與一顆不斷感恩的心。

虛幻的掌聲，令人陶醉得不願醒來；虛幻的名利，令自己擺脫不去的忙碌與盲目；虛幻的權利，不斷地自豪與炫燿。

一杯杯貪念無覺的毒藥往自己的嘴裏倒，直到身體癱瘓無力抵抗的消耗，直到感覺這世界不曾為自己改變而停止。

雖然讚美不宜過度而使人驕傲自大，迷失本性；但是讚美有時又是必須的，可以建立一個沒有自信心孩子的勇氣。

「讚美是甜美的補藥。」這句話是兒童文學作家傅林統先生送給小朋友的話。

每當孩子在學習的過程中，有失敗，有成功，在成功時，只要身旁的人給予一點點的讚美，他必然再次接受學習的挑戰，努力邁向前去；倘使一失敗，面對的是嚴厲的挨罵與挫折感，那將會失去自信而退縮逃避。

人性的弱點，就是喜歡追求快樂，而會逃避痛苦。讚美是快樂的，是陽光的，在人生學習的路途裏，誰都沒經歷過，必須透過學習、挑戰、嘗試、改進……運用不同的方法、途徑，日積月累的智慧與知識，才能讓自己少失敗，多成功，而人生這條路，走來也愈寬愈廣，愈來愈平坦。

因此，適當的讚美便成了最佳的補藥。世間中的俗人，還是須活在微弱的掌聲裡，面臨多變與挑戰的環境，要淬鍊金剛不壞之身，除了自我不斷砥礪、充實外，身旁的人便是最佳的啦啦隊，聲聲吶喊：「你是最棒的！你做得很好，很正確。你是世間獨一無二的！你是最勇敢、最成功的。」那將一次又一次鼓舞起消沉疲憊的心靈與身體，休息片刻，他將充滿智慧、充滿愉悅、也充滿希望，繼續完成他未完的夢。

佛家的四攝法「布施攝、愛語攝、利行攝、同事攝。」其中「愛語攝」解釋為「謂隨眾生根性而善言慰喻，使因是生親愛之心，依附我受道也。」也就是運用同理心，在感同身受的關懷中，對他表達肯定的讚美，使他心中產生安定與肯定，必能達成溝通與傳達的目的。

讚美是甜美的毒藥，讚美也是甜美的補藥。世間任何事物，都有正與反，有好與壞，有捨與得，人生只有一回，甜美的糖衣，唯有懂得品味與嘗試的人，才知他嘗到是毒藥還是補藥。

（節錄九十三年五月三十一日《鑿一扇文學之窗》

——九十三年度文學營散文創作集）

似曾相識

初夏，黃昏六點多，天雖未暗，但路邊的燈已微微的亮起。我加快腳步，時間督促我的腳步須快一點，到轉角的麵包店買麵包，然後再趕回自己的工作崗位，繼續未完成的事。

就在路上，餘眼瞄一下，在SEVEN-11店門旁，看見一位小女孩，墊著腳尖，一手拿著電話筒又夾著小小筆記本，另一隻手一面按著數字鍵，一面不時地拭擦從眼中溢出的淚水。看見那位女孩竟站在電話旁哭泣，她還穿著學校制服，我不禁想這時刻，她應該是在家裡享受美味晚餐才對，怎會在這裡邊打電話邊哭泣呢？

「小朋友，你怎麼了？」

「我媽媽兩天沒回家了，我在找媽媽，嗯……可是……嗯……可是都找不到媽媽。」

「那你吃飯了沒有？」

「沒有？」

「來，這一塊麵給你吃，」我遞給她剛買的麵包，關心地再問：「那你爸爸在哪裡？」

「奶奶腳痛，在醫院裹，爸爸去照顧她。」

「乖，你趕快回去，把麵包吃掉，然後寫功課，搞不好，媽媽就回來了。」

「阿姨！你可不可以陪我回家，我會害怕一個人在家。」

「對不起！阿姨沒辦法陪你，不過，阿姨小時候也有這樣的經驗，一個人在家裡時，我會打開電視或收音機，有聲音就好像有人在講話，就比較不會害怕。快！快回家去，把門鎖好，爸爸媽媽很快就回來了，乖！」

小女孩起初仍有些不願意，但又可能覺得我不像壞人，所以聽進了我的話，一口一口嚼完麵包後，揮手對我說：「謝謝阿姨！阿姨再見！」

目光送著這個小女孩，看著她過馬路，直到看不到她的身影。那一晚，心中總縈繞著那張哭泣無助的臉龐，她是一位如此需要呵護的孩子啊！SEVEN-11來來往往行人，怎麼沒有人去注意到她呢？又為甚麼她的倩影會令我如此愛憐呢？

我對小女孩的感覺，好像是一種似曾相識的因緣，好像我們以前曾經認識過，不然，怎可觸動我關愛的心呢？因緣成就，剎那間吸引著我，應該去面對她、接觸她、幫助她。

記得人們總是喜歡說「因果」，是前世因，是今世果，所以在這一世間，擦肩而過，到底有多少為前世的因因果果是我們所知或不知的？若真是因果作用，那我將坦然欣喜接受，並盡當下所能之力，去圓滿達成，那不但結束前世所欠未了的緣，說的現實一些，做一件好事，也積一件福德。

俗語說：「廣結善緣，善了惡緣。」朋友你是否也常跟我有一樣的經驗，讓我們一起啟用一個好念，時時啟動好念，多幫助身旁的人，或許他曾是你的親人；或者多幫助身邊的陌生人，或許你的親人現在也正在享受同樣的福報。那一夜，我用一個麵包，給了一個小女孩溫暖，更為自己增長了福慧，那麼我也該感謝那個小女孩，謝謝她與我結的善緣。

（節錄九十三年五月三十一日《鑿一扇文學之窗》
——九十三年度文學營散文創作集）

照片中的小白，與童年中的小白長得好似，小白很幸福在康家長大，94年初以高齡壽終（過15年以上）。

動物記事

土狗小白

我六歲的時後，住在桃園市的中山路上，兩旁許多大工廠林立著，住屋後面卻是一片片稻田。那時家裡一邊開著由父親經營的牙科診所，另一邊開著由媽媽照顧的西藥房。店前是雙線省道，門口正巧豎著一支台灣汽車客運公司的站牌，每天經常站著許多等車的乘客，在炎熱的夏天裡，媽媽都會在站牌下擺一大桶茶水，桶子上面貼著「茶水供應」，水龍頭上用繩子綁一個紅紅的塑膠杯，每天總要供應兩三桶，才夠路人解渴。

由於來來往往的人很多，媽媽忙裏忙外，人手不足，所以家裡養了一隻土狗——小白，牠的工作就是看管店門。白天，綁在店門口，小白很聰明，知道媽媽忙，有客人上門，牠會對著裏頭大叫「汪！汪！」，好似告訴媽媽「客人來了，快出來！」

放學回家時，牠會興奮地，又跳又撲又舔，一搭上，差點兒就將我們撲倒在地，我們既歡喜又害怕，很快地小白就成了我家的一分子，亦成了我的好玩伴。

有一天，爸爸邀約舅舅們一起到石門水庫郊遊，由於人數多，舅舅們就向朋友借來一台小型發財車，一車裏，大大小小擠了十多個，浩浩盪盪出遊去，當然，小白也在車裡面。

傍晚回家，車子先回到奶奶家，就在大家拖著疲累的身子，準備搬卸東西時，竟然發現小白不見了，我們大家呼喊，四處尋找，找了半天，仍不見牠的影子。這是牠第一次離開家，奶奶家離我們中山路的家好遠喔！開車都要二、三十分，小白怎麼辦呢？我難過得一直哭，媽媽安慰我說：「很晚了，今天先回家，等天亮了再找吧！」

就這樣，找了兩天，都沒有小白的消息。又過了幾天，舅舅的朋友來電話，說他的車旁睡著一隻狗，是一隻全身黃白相間的土狗，趕牠幾次都不走，一到晚上就會睡在車旁，問舅舅要不要養，舅舅邀我一道去，誰知那隻土狗，一看到我就跑過來，唉呀！這不是小白嗎？這下子小白總算失而復得了。

小白這次上演「失蹤記」，令我十分好奇。這段期間小白究竟繞了多少路？又是如何認出那台載我們到石門水庫的車子的？牠真的好厲害，以後我經常蹲在牠旁邊，撫摸牠的毛，跟牠說悄悄話。

有一天，到了吃晚飯時間，我把小白的飯放在牠面前，蹲在牠身旁告訴牠：「小白，吃飯了。」牠看了我一眼，似乎不想吃，頭一掉，把屁股朝我，尾巴甩來甩去，我又把盤子挪到牠面前，「小白要乖乖吃飯喔。」小白似乎不領情，屁股再次轉過來，就這樣，我將盤子挪來挪去，突然小白轉身在我的手背咬了一口，一時血流如注，我慌張的哭著去找媽媽……。

從這件事情發生以後，小白慢慢地從我的童年裏消失了。

小烏龜

爸爸買了一輛黃色的金龜車。有次，載全家到野柳玩，附近除了可以欣賞海景外，在飯店吃飯時，小孩子最喜歡貼著水族箱的玻璃，看裏面的魚兒游來游去，那邊的魚，種類特別多、特別大，也特別奇怪。

最令我好奇是水族箱裏的世界，好美喔！燈光打在水族箱裏，無色的水，突然變得藍藍地，綠綠柔柔的水草，被游來游去的魚兒撥弄著，小丑魚、透明魚、海星、珊瑚、海龜……將這個小小世界，點綴得多采多姿，媽媽買給我讀的「美人魚」故事，是不是這般的情境呢？我總是這樣想。

就因為這樣著迷，回家的路上，我一直吵著爸爸，要他買一個水族箱給我，我要築一個夢幻般地海底世界。後來爸爸是買了一個箱子，但是小小的，裏面僅養著兩隻綠綠扁扁的小烏龜。軟軟的小幼龜，放置在空空地塑膠水族箱裡，看牠們在裏面爬來爬去，真有意思，我的腦子開始展開構圖，這地方我要放沙子堆成一座小山，小山上面要種小草，那邊要擺小石頭，讓小烏龜游完泳後，可以爬上來休息……。

一放學，我就去看小烏龜在做甚麼？放的飯粒夠不夠，有沒有吃飽，每隔兩三天，我就改變一下牠的居家環境。

有一天，放學了，我照例去觀察我的小烏龜，「耶！牠們的身上怎麼有白白的小斑點？」我趕緊將牠抓到媽媽的面前，媽媽張大眼睛一看說：「牠病了，得了皮膚病，妳不要有事沒事一直去弄牠住的地方，還有不要放太多飯粒，水不乾淨，牠會死掉的！」聽到媽媽一大串的告誡，我開始緊張，第二天我就不敢再亂動牠住的地方了。

過了兩三天，小烏龜身上的班點仍未消失，我想起受傷時，媽媽都會先擦雙氧水，再擦碘酒，可是這樣小烏龜會很痛的，倒是爸爸給病人擦的紫藥水比較不痛，而且爸爸說紫藥水吞進肚子裡比較沒關係。

於是我把手伸進水族箱，抓起小烏龜，一手拿棉花棒點一點，放回去，再抓出另一隻，點一點，看到牠們身上的白色點換成紫色點，心想牠們的皮膚病應該很快就會好。

一天、兩天、三天……這天放學回家，水族箱變成一個空箱子，問媽媽我的小烏龜為何不見了，媽媽說牠們都死了，怕發臭所以都處理掉了，聽了媽媽的話，我難過得說不出話來。

小白兔

我是家中的長女，又是獨生女，下面有三個弟弟。感謝爸媽將我生個好模樣，大大的眼睛，笑起來有兩個笑窩，很得長輩的緣，他們說我有禮貌、嘴巴甜，因此，一到放長假，就會有親朋好友帶我出去玩，爸媽因為工作忙碌，只要是家裏的親友，都會放心的讓我跟去渡假。我們寒暑假最常去的地方便是—台中大甲的姑媽家（鎮瀾宮媽祖廟旁）。

記得有一年暑假，一位跟我們同姓的楊姐姐來我家，她是爸媽的好朋友，長得漂亮又大方，她的男朋友住在宜蘭，說是暑假要一起回去見男方的父母親，需在宜蘭住兩三天，一個人不好意思去，想帶我跟著去玩。我一聽可以坐火車到宜蘭去玩，興奮地向媽媽撒嬌，雖然媽媽再三推說：「人家是要去見未來的公婆，帶你去會給人添麻煩的。」經過楊姐姐再三請求，我也跟媽媽保證會聽話，決不搗蛋，媽媽終於答應了。

第二天清晨，楊姐姐跟他的男友，接我一同搭火車到宜蘭，沿途我興奮地看著一幕接一幕的窗景，山、海、稻田、房子……，彷彿一幅幅活生生的動畫，從火車上一格格的玻璃窗外，不停的交織變換。

楊姐姐的男友住在宜蘭市，是透天住家，他的爸媽很客氣的招待我們，記得他家是賣「叭撲」的，住在那兒的每一天，我的手上都是握著三四粒大顆的冰淇淋，真是過癮。

到宜蘭那幾天，正巧碰上下雨，所以姐姐的男朋友無法帶我到附近玩，整天就窩在房子裏，好無聊喔！我要求大哥哥帶我參觀他的家。我們爬上頂樓，頂樓空空的，站在那裏，視野很好，可以看見四周的風景。跨出樓台門口，那裏可能經常積水，所以生了苔蘚，加上這幾天下雨，排水口被堵住了，雨水來不及排出，我輕輕地走在地板上，滑滑的真好玩，我告訴大哥哥：「我可以在這裏看風景嗎？」

大哥哥說：「可以，但不要待太久，等下若下雨會淋濕，所以待一回兒，就要下來喔！」

「喔！好。」

既然不能出去玩，在這裏玩滑水溜冰，也是一件有趣的事，一腳滑過去，咻──就滑到那邊去，轉個彎，再一腳滑過去，咻──又回到這邊，真像爸爸帶我們參觀美國來的白雪溜冰團表演一樣，滑來滑去，真有趣。

玩得盡興，也玩得忘神，全身衣服濕透了，洗澡換了衣服，大哥哥便帶我到他家後院，那裏有一個紅色的鐵欄子，裏面住著一隻雪白的大白兔，大哥哥將牠抱到我的懷裏，長長的耳朵，紅紅的眼珠，圓柔柔的身體，抱著整個身子都好溫暖、好舒服喔！知道牠住在哪裡，早晚我都要跑去抱好幾回，直到回家那天，還做了最後的擁抱呢！

回到家裏，抱著兔寶寶的滋味，一直讓我回味無窮。有一天，大哥哥竟然抓著一隻小兔子的耳朵，亮在我眼前。

「哇！是一隻小白兔耶！」我抱著牠跑來跑去，到處現寶，真是開心，媽媽一直在念：「你們把她寵壞了。」可是看我這麼歡喜，也不得不接受了。從此，媽媽的菜籃，就變成小兔子的家。放學回家第一件事，便是帶牠到屋後稻田旁的草叢吃草，然後再放回菜籃裏，用板子蓋上。

有一天晚上，我把小白兔帶到我的床上一起睡覺，結果小白兔在我的被窩撒了一泡尿，氣得媽媽邊罵，邊擦床舖、換床單、洗棉被。過了幾天，放學了，我準備帶小白兔吃草去，可是那菜籃裏的小白兔卻消失……。

（節錄九十二年十二月二十七日《鑿一扇文學的窗

——九十二年度婦女學苑文學研習營創作集》）

康啟彬（弟）、康家偉（兄）、小白是我的好朋友。

少女情懷

盛夏的下午課，教室裡總是悶悶的。

叮噹！叮噹！下課鐘響，同學們急著邀約自己的死黨到室外透透氣，有人飛奔到福利社買瓶飲料清涼一下。

筱瑜站起來稍微拉一下坐皺的藍色百摺裙，站到玉蝶前面說：「ㄟ，到外面吹風吧！」

玉蝶冷漠無神地坐著，倚靠窗戶，兩眼直望著吵雜的校園，似乎沒聽見最要好的同學在跟她說話。

筱瑜：「ㄟ，你怎麼了！最近看你整天都皺著眉頭，家裡發生事，還是身體不舒服呢？MC來嗎？……告訴我麼……ㄟ……ㄟ……說說話，有什麼心事告訴我好不好？有話說出來，你的心情才會舒坦一點喔……」

突然，玉蝶站起來瞪了筱瑜一下，大聲說：「你不要那麼囉唆好不好？」

一轉身，獨自跑到走廊，靠著鐵欄杆，望著操場上大聲快樂呼叫、奔跑……的同學們。

對面大樓旁的樹蔭下，三三兩兩同學坐在那裡背書、複習、聊天。玉蝶心想：「他們跟我一樣的年齡，他們擁有的，我應該也有權利有才對，有著一樣多的愛——父母的愛，兄弟姊妹的愛，同學的愛，老師的愛……才對！」更何況她比別人多用心在做任何事，可是她卻被班上同學排斥，玉蝶怎麼也想不起到底是什麼原因。

前幾天，玉蝶送給數學、物理、化學老師們電影票，這是開電影院的表姑說她乖巧賞給她，因為玉蝶覺得自己的數理科能讀得不錯，都是老師教得好，所以聊表敬意罷了。

從那天起，玉蝶背後經常傳來竊竊私語。

「告訴你玉蝶喜歡男老師喔！所以理科特別用功，還有為了討好老師，還送給他們電影票喔！」

「家裡有錢，買電影票巴結老師せ！」

「搞不好月考老師有洩題給她，成績才會這麼好。」

「噓！小聲一點，傳到她那裡，或被她的同黨聽到，我們就倒楣了。」

就這樣妳一句，我一句，她一句，聲聲傳入玉蝶耳裡，讓她心裏好氣好難過。

一個十三歲的小女孩，需承受許多的責任與壓力，玉蝶原本家境小康，但父親經商失敗，又另結新歡，氣走了母親，父親為了躲債，帶著新歡整日不見蹤影，一下子從被呵護的大小姐，變成無人管、沒人愛的孩子，在家裡一面要照顧弟妹，另一面又要應對長輩，在學校又要表現若無其事，認真上學讀書。

「他們怎麼可以這樣說我！我沒有變成壞孩子，相反，我一直認真做個好榜樣，當個好女孩，當好姐姐，當好學生，當好同學，當好……，可是老天爺為甚麼這麼對我不好呢？為甚麼……」玉蝶臉色慘白朝著操場上，看著那追逐嬉戲的身影、聽見那歡笑聲音……。

叮噹！叮叮！噹……叮噹叮噹……，上課鐘響，同學們紛紛走入教室，坐到自己位上，翻開課本，這堂是班導的課，班導是一位教學嚴謹的女老師。

「鹿玉蝶妳拿著課本過來。」班導在講台上大聲對玉蝶說。

玉蝶失落地心想：「我做錯甚麼，為甚麼要帶課本到前面去？要罰站嗎？上次國語考不好，中午午睡時間被罰站在司令台上，今天……我有做錯甚麼嗎？」欄柵地走到班導面前站好。

「妳帶著課本到我的辦公室位子上去，下課再回來。」

「啊！」果然沒錯，可是我做錯甚麼呀？滿臉疑惑，但不敢跟導師對抗，乖乖地走到教師休息室。

寬敞的教師休息室，多麼熟悉的地方，收齊班上的作業本，放在這兒，是國文老師，那兒是數學、物理、化學、健康……，每個位置都這麼清晰，現在卻空盪盪的，還好四下無人，否則多丟臉呀，被老師罰站一堂課。

「鹿玉蝶妳怎麼站在這裡，現在是上課時間耶！」

一個突如其來的聲音，把玉蝶嚇了一跳，而且還是最稱讚她的數學老師。

「我真希望自己突然消失，班導幹嘛把我罰站在這呀！真是……真是……的。」玉蝶心裏想著。

「我……我……我被國文導師罰站一堂課。」

「嗯─不會吧！妳算是班上優秀的同學，怎麼會被罰站，來！坐在你們老師的位置上，看看書吧！我去上課囉。」

玉蝶羞澀的點點頭，內心感受到數學老師的關愛，但仍然不敢坐在班導的位子上看書。

清風徐徐吹來，突然心頭湧上一陣暖流，一陣又一陣從心裏頭穿了過去。不知道那算不算是心電感應，玉蝶的眼框濕濕地，她好想哭，教室裏到底發生甚麼事情，導師為甚麼把她叫到這裡來呢？私下，班導平常雖然很嚴格，但很關心她，經常到玉蝶家中來訪問，甚至她生理期不順，老師私下還帶她去看醫生。導師對玉蝶關心的事情，一一浮上腦海，她從窗外望出寂靜的操場，一個人站在這空盪盪的辦公室裡，怎麼會有那種說不一出奇特的感覺。

叮噹！叮叮！噹……叮噹叮噹……

「太好了！下課了！」玉蝶心想闔起課本，頭低低正準備走出教師休息室門口。

「唉喲！踩到我的腳，嗯！鹿同學妳怎麼在這裡？」

哇！怎麼是化學老師？今天是怎麼回事？全碰上她最喜歡上課的老師，好丟臉喔！

「我要回教室了。」鼓起勇氣說了，就從老師的身旁溜走，快速離去。

「呼！」走到樓梯轉角。

「鹿玉蝶對不起，妳能不能原諒我在你背後說壞話？」

未回神的玉蝶突然被嚇到，「這不是自己的死對頭嗎？怎麼突然這麼客氣向我說對不起？」玉蝶心想。

「喔！」冷冷回應一聲。

進到教室，坐回坐位，剛剛那顆忐忑不安的心，慢慢又恢復到那失落的心情，怎麼突然一群同學走到她的面前。

「鹿同學，對不起！」

「玉蝶妳真了不起，我們錯怪妳了。請原諒我們。下課我們一起去吃冰好不好？」

「鹿玉蝶對不起！」

筱瑜也走過來，握住玉蝶的手說：「加油喔！」

此起彼落的聲音，頓時讓玉蝶納悶起來，發生什麼事情，大家怎麼突然那麼關心她，是不是走錯教室了。

「鹿玉蝶，我跟你說，筱瑜在週記上寫你近來怪怪的，看人都是瞪著眼看，話也不多，見人也不笑，她擔心你會出事情，所以在週記上報告給班導師知道。導師因此把你叫到教師辦公室去，然後跟全班同學敘說你的事情，我們才知道你好堅強，又勇敢，說真的我好佩服你喔！」

放學前，同學背著書包跑到她身旁，邊走邊說。

玉蝶裝著滿滿的愛回家，她告訴自己，無論遇到任何困難，不要怕，身旁永遠有幫助她的人。

（節錄九十二年十二月二十七日《鑿一扇文學的窗》

——九十二年度婦女學苑文學研習營創作集）

小時候，與大弟一同戲水。

換個空間深呼吸一「夏」

炎炎的盛夏，灼灼的太陽，把生活周遭的環境烘烤得好煩悶，佇立在硬梆梆的建築物叢林裡，那口氣似乎快透不過來。改天，讓大地的母親換個環境，好好安撫與滋潤依賴她的子女，來做一次換氣的深呼吸。

那天傍晚，滿懷興奮與感恩的心情，搭乘救國團李總幹事永福先生和同仁們的車，風塵僕僕地往角板山而去。突然間，傾盆大雨，洗淨都市沾染的塵埃，連心情也豁然開朗起來。

彎彎曲曲的路，每攀升一座山，就像掀起一扇輕紗的門簾，迎面而來的是幽幽地山巒纏綿，眼前不再是高樓叢林與閃爍不斷的霓虹燈，換來的是搖曳的樹影，那熱情而又含蓄的肢體動作：「嗨！我們好歡迎你來！」

還來不及一一問候，月姑娘已悄悄上場，一份簡餐，一杯咖啡，一場大自然的演奏曲，早已將心靈細胞潤養的飽足，那一夜是恬靜安然入睡了。

晨曦的樂章，把大地變得生氣盎然，輕步走進百年的老樹蔭裡，聞得陣陣清香，那是樟樹，不！還有野花香，還有……還有……乾草的土香味，百香爭艷，芬多精我要多吸你一些，因為回到都市叢林裡，你們好稀薄喔！

因緣際會，讓我增添一場知識之旅—角板山國際雕塑公園十二件作品志工導覽解說訓練，上過專業人員的課程，對公共藝術在人文、環境及社會的意義，甚至大自然的互動多了一層的認識與了解，加上何恆雄教授親臨現場解說，每件作品作者呈現的真諦，以及結合大自然生命互動，都令我們流連忘返，亦觸動我們的感官神經，每一位都好想將吸收的知識和感覺分享給有緣人。

來來往往的人群，大大小小的車陣，來到角板山是否也是想換個空間呼吸一下。我看見有的攜幼扶老穿梭漫步在公園裡，也有的成群在店家呼喊挑選著一顆顆豐飽的水蜜桃、香菇、茶……，還有一桌桌滿滿的山中佳餚，圍坐著大快朵頤邊吃邊聊。

百態的人群，與那十二件作品的名稱似乎互相呼應，復興鄉、人之初、人形狐狸、2003樟樹桃園、中華形象、和平之境、溫室提案、觀點、飛龍在天、命運之愛、藝術如樹‧樹如藝術、屋頂上的椅子，但不知來的人是否感受到作品的呼應，以及這塊土地的山靈之美，還是一個冷笑話的呼應，僅是換個空間呼吸一下。

一場遊戲一場夢，我已分不清是真是假，但我真的用心感受山帶給我的饗宴，也感受到藝術家為生命添增的色彩。換個地方做一次心靈的深呼吸，真好，我滿載而歸，大自然的母親將心靈的電充得飽飽的，讓我再次踏上舞台的時候，有豐沛的衝勁去努力。

九十三年七月三十日

「桃園縣世界級公共藝術設置活動」與桃園縣的文藝界朋友一起合影。

飲水思源，落地生根

大溪鎮上有位傑出的人物，雖然已屆六六大順的年紀，但生氣盎然仍擁有年輕人活蹦亂跳似的體力，就是曾擔任大溪鎮長兩屆退休的鎮長林熺達先生。

這一生奉獻給成長的土地，成立大嵙崁文教基金會，致力推動社區總體營造，重整大溪老街，給具有歷史足跡的大溪老鎮，重新展現新的氣象和文化生機。

目前也擔任桃園縣政府環評會委員，並成立環境永續發展基金，經常帶隊考察先進國家處理垃圾的問題與方案，更積極推動桃園縣環保正確的價值觀念與方法，因而天天充滿活力，沒有居家含飴弄孫，卻為實現夢想而樂此不疲。

林鎮長最喜愛說故事，在他細說的故事中，都充滿濃濃的鄉土情懷、做人處世的熱忱與踏實的內涵。一個接一個地聽，不禁為他經歷過的血汗故事，讚嘆不已。

在小時候，父親曾說過兩個故事給他聽，對於造就他今日的人生觀有很大的幫助。第一個故事是說：在田園中間，長得最好的菜，總是最快給人摘走；而開得最美的花朵，會讓人用最漂亮的盆子裝起來，擺在最顯眼的位子令人欣賞，但是當它枯萎時，卻被人任意丟棄在陰暗的角落，整天不見天日，連一滴露水也喝不到。

另一個故事是，田的四周總是有一些很不起眼的樹，剛開始沒甚麼用途，但慢慢長大，成為田地範圍的標的物，並總會有一顆最古老的樹，守護這塊田園，讓主人辛勤耕耘後，能在它的樹蔭下乘涼休息，它就是這塊地的土地公樹。

都是生命，卻兩種命運，與現實人生的情境相符。當人生到逢春風得意時，為人人稱羨；但如果因此而「離了根」「忘了本」；無法落地生根，得意已盡時，又有誰在乎你的存在與死活呢？

林鎮長的故事，啟示人們：有些事物雖不能直取它的用途，但生命的意義與價值卻無限的延伸。

最後，林鎮長語重心長娓娓道出，他經常將父親的這兩個故事，牢記腦中，每每在人生困境中，用以鼓勵自己，警惕自己。

人生是一條漫長的路，是要靠智慧與努力，才能走得有價值，「飲水思源，落地生根。」古老的諺語，總有最真切的祝福與方法。林熺達先生的為人處世就是這個諺語的最佳寫照。

九十三年六月二十九日

林啟明老師的篆刻藝術「超棒的！」。

文藝跨越兩空間

中國民間習俗每到七月俗稱鬼月，鬼門關一開，誦經開了咽喉，讓陰間的好兄弟可以進食，因而民間信奉的百姓也準備豐盛的餐餚、物品祭拜他們，各地寺廟也開壇——中元普渡，誦經超渡冤親債主，讓他們解脫。

身為桃園縣文藝作家協會的負責人，當然也要準備一些物品供奉好兄弟們。心中有個念頭，陽間有文人，陰間當然也有文人，那文人平日需要什麼？文人相聚時又需要什麼？就這樣每到中元普渡時，總是會準備文房四寶，以及文協出版的書籍，一壺清茶，幾包餅乾與糖果，一盤水果，今年再加上金剛般若羅蜜經及心經，藉以普渡與陰間文人相會。

「想要的太多，需要的不多。」人世間的貪、瞋、癡真是個無底洞。窺望左鄰右舍，一張桌不夠，再添個兩三張，琳瑯滿目的東西，心想是好兄弟要吃的、用的，還是自己想要的。倘使平日多作善事，多積福德，在佛教中多誦經回向他們，相信他們更能接受，而回報好福氣給有德的人。

九十三年九月六日

啟動智慧，實踐心靈環保

八月十五日法鼓山於桃園農工舉行「人品提昇博覽會」，在大會上 聖嚴師父親授皈依，三十多分鐘師父的開示，給了我們許多生活中的體驗與啟示。

師父一開始就提到台灣人都非常善良，本質優良，信仰宗教的人口也很多，但社會上人與人之間互動，在公共場合的表現是否很有禮貌，是否懂得關心他人，保護自己或尊重自己呢？倘使，僅是想到自己要被關心、被保護、被尊重，而沒有想到自己同時也應該去關心他人，去保護他人，與尊重他人，若沒有這樣做的話，那這個社會能真正獲得幸福嗎？所以人一定要在尊重自己同時亦要能尊重他人，保護他人，這樣才會可靠。

當前的媒體與政治人物，有好有壞，但少數不好的政治人物透過傳播來宣染，這都是非常不好的。整天用惡毒的話，這種人反而變成公眾人物。

如何人品提昇？「人品提昇」是從自己做起，自己隨時隨地要對人有禮貌，

「禮貌」是人類互動的標準。人與人之間若沒有禮節，不就像動物一樣。每一個人呱呱落地，都有善良的本質，但經歷出生家庭的薰陶，就各有不同了。

人品的漢字「品」，有三個口，一個框框，一定有一個格；上面有一個格，下面有二個格，也就是說用兩個基礎加上一個格，才能稱作「品」。人的基本品行，他的標準是什麼？所以叫做「人品」，人不是動物，品有人格，有人的味道，有人的表現，社會上人和人之間的互動才會和諧。

在家中長幼有序，兄弟姐妹各有分寸，各有本份，各盡其職。在一個團體裡也同樣。聖嚴師父舉自己在弟子面前他是一位師父。在宗教領域中，他是一位傳教徒；而身為一位女性，她可能同時有母親、女兒、媳婦……好多角色，而在團體中許多的角色，只要各盡其職，就能擁有好的品格。作為一位佛教徒，在生活中要懂得能夠慈悲待人，智慧做事。

師父說剛剛在來桃園的車上接到一通電話，對方說明她的女兒在大陸工作，愛上大陸人，也已嫁過去，現想起大陸與台灣許多思想、觀念與環境不同，溝通有困難，很後悔女兒嫁過去。師父告訴她，生活環境不同，去適應就是學習、就會成長。但她仍耿耿於懷，最後師父還問她您的女兒後悔嗎？結果她的回答竟然是她的女兒沒有後悔，後悔的是她。婚姻本來就僅是年輕人的事，結果卻是這位母親在煩惱，那不是很奇怪嗎？所以要站在對方立場看，為了對方而自己不舒服，那是沒必要。

「吵架」一定是自己認為是對方不對，所以對方一定有不好的地方，一個「惡」加上自己有與對方同樣的行為錯誤的「惡」，徜若為雙「惡」而與他吵架生氣，那就不好。

心靈環保就是——讓自己快樂，也讓他人快樂；讓自己平安，也讓他人平安；讓自己健康，也讓他人健康；讓所有的人可以快樂、平安、健康。

以慈悲待人，智慧處理事情，才不會「撿石頭打自己」。「天下本無事，庸人自擾之。」庸人就是沒有智慧的人，所以不要沒有智慧。

什麼叫做「智慧」——不要陪人家煩惱，不要陪人家痛苦，不要陪人家犯錯。如此才有好人品，生活品質提昇，才能造福人間。而宗教的方式，也是教大家懂得用智慧—不要陪人家煩惱，不要陪人家痛苦，不要陪人家犯錯。而「慈悲」也就是讓自己快樂，也讓他人快樂；讓自己平安，也讓他人平安；讓自己健康，也讓他人健康；讓所有的人可以快樂、平安、健康。

如何提昇人品，師父鼓勵大家使用法鼓山的「自我提昇日課表」，每天去記錄、檢查，是否每日都有做到，做一項或二項都可以。多勉勵自己，每天花幾分鐘，或第二天檢查一下，都是很好的。相信養成好的習慣，就能達成「心靈環保」，以及「生活品質提昇」，才能造福人間。

九十三年八月十六日

歲月如梭、轉眼如夢

文協辦公室在桃園市復興路站前大樓，召開理監事聯席會。

張新金理事長生日，大家一同慶祝合影，並祝文協會更興旺。

辦公室在桃園市成功路上，召開理監事會。

舉辦活動的會務人員、顧問及志工同心協力將活動圓滿完成。

民國86年第一屆的婦女徵文比賽，由前縣長呂秀蓮女士（現副總統）親自頒獎。

93年度第一期文學研習營活動，《鑿一扇文學之窗》新書發表會。

民國八十六年在文化局（前名稱為文化中心）五樓的五四文藝節大會茶會現場。

民國九十三年在文化局大廳的茶會現場，感謝滕前輩興傑先生（80歲）及一群令人敬佩的文化局志工協助。

在台中市與台灣省文藝作家協會的理監事合影，本人亦是省協會的監事。

台灣省協活動與開喜烏龍茶董事長陳清林（左三）及有小故宮之稱森磊觀館長陳學明師兄（右二）合影。

在龜山鄉舉辦一場長達30天展覽的藝文活動，來了2000多人參觀。

2004年少年活力季「心情e一下」徵文活動，一場全國網路青少年徵文活動，讓北、中、南的文協一起動起來。

93年於桃園縣府文化局舉辦賴傳鑑老師「80回顧展」會上合影。

93年台陽美展第一次在桃園縣文化局展出與前輩合影留念。

深耕這一方福田——文協

十年樹木，百年樹人

有一天看到電視正報導幾位外國牧師帶著一名外國記者訪問證嚴法師，內容不外乎「女性」、「出家」及花蓮—「慈濟」等等的事情，證嚴法師在台灣這塊土地上的悲願喜捨，早已有口皆碑，且聞名海外，她還曾被提名推薦過諾貝爾和平獎。

收視這段訪談，讓我印象最深刻的是這位女記者問證嚴法師說：「您現在這麼有成就，有何看法？」證嚴法師回答說：「這並非我個人的成就，而是一個理想，我很高興有這麼人跟隨我的理想一起努力。」

一語開示，有如醍醐灌頂，因為在文藝作家協會從事志工六、七年來，經歷許許多多的人、事、物，心中總是有許多得失心，而所謂「成就感」往往尾隨著一些讚美聲與事蹟，虛幻而來，每當經歷不如意，或每位協助者因有本身困難或有一本難念的經時，而無法前來或持續幫忙時，內心就會發出：我所作這些是為社會、為大家做，不求名、不求利，為何「眾德」只修在自己，卻無法推廣共修呢？

聽了證嚴法師的話，得失心彷彿放下許多，因為在這個人民團體裏，所做的事都是大家的理想，而每件任務的完成就是成就，自己是橋樑，盡力而為做好每一件事就是成功，而每一位來文協協助者，也隨著因緣來幫忙，一切事務自然圓滿。

這些日子，閱讀法鼓山聖嚴法師所著一些口袋書，記得在「人生為何」書中提到「人生的意義是盡責、負責」，又說到「人生的價值是奉獻、貢獻」，你發了多少願，除了為自己身邊某些事物與少數特定對象做一些事，你還能為與自己沒有直接關係的人、事、物做一些事嗎？

記得，以前曾經與他人同樣嚮往努力賺錢，然後花錢享受物質上的豐裕，但是「錢」有四隻腳，怎麼追也不能滿足，自己又喜歡追求知識與學習，這樣的向上心與企圖心，在同事之間往往變成「愛求表現的人」，及「榮譽心強的人」，因為某些人認為會變成一個絆腳石，或者搶了他的飯碗就失業了，慢慢惹人嫌，閒言閒語自然道出，若不懂得在長官面前爭取，最後還可能變成自己面臨失業問題。

因此，自己曾想嘗試看看有多大能耐，能為社會做些甚麼，並且做一些有意義的事，在因緣際遇下，進入從事文化志工的工作。自從進入桃園縣文藝作家協會擔任無給職義工之後，以前這些問題彷彿不見了，因為「錢」不是問題（沒薪水但不會挨餓），問題是如何學習達成「任務」與「目標」。

有人說成功有三個要件，一要向成功人學習，二為環境塑造，三要有一個能讓你樂此不疲不斷追尋的理想。民國八十五年文協在文化中心舉辦一場藝文聯展，巧遇理事長張新金先生而進入文協擔任志工，他經常以「辦理公眾的事就是公務人員」心態來訓練與要求我，而文協這環境像個「聚寶盆」，任何人、事、物，取之不盡，用之不竭，但要取得它、啟開它，必須先要有一個條件那就是「無償付出」。就是這樣，每當一個接一個任務完成，那股「成就感」就溢滿心中。

聖嚴法師說：「以前的人只要肯做事不怕沒飯吃，現在的人，只要懂得奉獻，就不怕沒出路。」這一語，又肯定了自己這六、七年來選擇理想的路，「學習是關鍵，成長看得見。」這些年來會員們的向心力與社會大眾的肯定，承辦活動累積的成果點滴，讓這個團體可為社會做出正面而積極的貢獻。

一棵樹不能成林，一個人亦不能產生巨大力量，文協是一塊福田，期待大家有相同理想，共同的願望，一起發個願而努力，為自己下一代創造美好的人文生活。

是磁鐵還是海綿

青年時，經常將「希望像海綿一樣，不斷吸收知識」掛在嘴上，一下子學英語、聽講座，一下子學電腦、學插花、學書法，一下子看這個書、看那份報導，學學學…看看看…讀讀讀…，就這樣有人笑我是個「大肚魚」，學一大堆什麼也用不上，發揮不出來。

有一天在整理東西，見到一個三色海綿，海綿裏面乾了蓋不出東西來，順手將旁邊的水給倒下去，結果有水了，裏面雜物也出現了！要的東西有，不要的東西也有，想起「希望像海綿一樣」，倘若只有學習沒有消化，又無法將它應用與發揮出來，那不是裝一大堆垃圾，於是自己開始不再用這句話。

在文協這個環境中學習與經歷，開始有「不經一事，不長一智」的想法，以後有了些經驗與見識，自己膽識增加了，也期盼自己像磁鐵一樣，因為「磁鐵」可以吸取同性質的東西，而產生磁力，亦就是力量集中，越滾越大，它產生的力量就越大。

自己經常妄想，倘若文協全體上下同心協力，志同道合，又加上一群任勞任怨，願於犧牲奉獻的人，那就可以產生共鳴的力量，替政府、為社會作一些有意義的事，發揮它的力量。

有一天，自己又在吹噓一番，形容「希望自己像磁鐵一樣」時，一位前輩用科學方式分析問我：「你知道一般的鐵與磁鐵，同樣都是鐵，為何磁鐵有磁性，而鐵沒有磁性呢？」接者又說：「它們分子結構排列不同，緊密度不同，因此造成性質不同，若鐵要變成磁鐵，需經過相當熱度融解，與重新排列組合才會變成磁鐵。」「那你是磁鐵呢？還是鐵呢？」真是有趣的問題。回家做了好幾個月的功課（省思），給自己的答案是「文協是一個磁場的大熔爐」，但是自己這塊鐵是尚未排列組合完成的磁鐵。

聖嚴法師說：「人生的目標是來受報、還願、發願。因緣成熟就要接受『果報。』」，又說：「許願是一種動力，既然許了願就要還，所以還願也是一種人生的目標。」「一次又一次發願，愈來愈堅持，願也越來越能兌現，如果只發一次就不發，那願力是不強的。」

自己感恩「伯樂」知遇，有這麼一位無私的老師—理事長張新金先生在指導，而又能在充滿人文氣息、知識與挑戰的環境中成長，更歡喜能與一群先進一起追求理想。挫折人人會碰，若因此而否定了自己，小看自己的力量，沒有嘗試去做、檢討、改進、再去做，都不能證實自己所能貢獻的力量，記住「冰山只有十分之一是露在外面」，告訴我們每個人的潛力無窮。

記得自己曾在前任社會局長陳敏英女士與議員黃婉如女士面前說：「感謝張理事長，感謝文協，更感謝政府，因為他們的培育，給我機會學習成長，不然自己怎能做這些事呢！因此我是帶著感恩的心來回饋他們，回饋社會。」

但願以聖嚴法師的一段話來自勉。

「奉獻即是修行，安心即是成就，
為他人減少煩惱是菩薩的慈悲，
為自己減少煩惱是菩薩的智慧。」

第一次接觸

一、幸運的機會

很榮幸，在一個偶然的機會，我進入人民團體服務，便有人對我說：「在人民團體工作，又是義工，不必太認真，隨隨便便就可以了。」因而對會務發展，本著多做多錯，少做少錯，多一事不如少一事的鴕鳥心態。遇到辦活動時，開口說：「這事非常簡單，你不用太緊張，我經驗豐富，過去都是怎麼做，你照這樣辦就可以了。不用緊張，一定沒有問題。」但對文化工作經驗如白紙的我，耳聞這席話卻茫然了。國父手著「民權初步」，所談集會結社，正是國家民主進步的起源，而許多的人才，都是從人民團體中培訓出來。

自己深信「成就」有兩個條件，一是環境，二是跟著成功的人學習。本協會理事長張新金先生，是一位事事「求真」、「求善」、「求美」、「求理」的人，進入協會之後，遭遇問題與困難，就對我說：「年輕人不要怕做事，你做錯是正常的，不然要我們做什麼？我們雖然經歷時間的考驗，但時代一直在改變，而活動的內容與方向亦隨著環境腳步在變化，應運用年輕人創新想法去策劃。而其一些規定、原則不變，啟用你的智慧與努力去做吧！」

接著又說：「一個抱有理想的年輕人，生存於這個講求速度、效率、刺激的多元化社會裡，假如事事都怕遭遇困難，時時都考慮多一事不如少一事，不敢勇敢的面對現實，突破瓶頸，怎能探索新知識，怎能大展鴻圖，贏得挑戰，而又如何得到大家的信賴呢？」

張理事長以「工作即學習」的態度鼓勵我，而我本著「學習是關鍵，成長看得見」自勉。藉著縣府主辦研習會，研讀「人民團體組織法規」、「會議規範」參考書籍，甚至參加文建會舉辦研習會等活動，透過學習、忍耐、實踐、檢討及改進，不斷自我成長。雖沒有漂亮的成績單，但這顆自信的種子，已在智慧中萌芽。

近來有一項事件，經歷四個年度，整個事由的過程，透過追根究底，終究還本協會一個公道，在此分享給朋友參考。

二、初辦會務

本人是國貿系畢，在協會除了辦理會務活動之外，亦承辦會計工作。進入協會第一年（民國八十五年十月），感謝某單位同意補助本會選集出版經費，在收到支票時，抬頭寫著協會全名，但是金額卻是不足補助全額，納悶拿著支票詢問補助單位有關人員，他的答覆是扣除業務執行所得稅十％，（稅法第十一條第一款：本法稱執行業務者，係指律師、會計師、建築師、技師、醫師、藥劑師、著作人、經濟人、代書人、工匠、表演人及其他以技藝自力營生者。）

過沒多久，又接到補助單位寄來「所得稅扣繳憑單」，單子上面在執行業務種類打勾，並註明「印刷費」，所得人姓名卻是理事長「張新金」、身份證字號，而地址是本會會址，更是令我納悶，支票抬頭是文協的帳戶，而所得扣繳卻變成張理事長所得了。

因此再度到補助單位查詢原因，有關人員回答是：「貴會收據上，並未填寫協會的統一編號，沒有統編當然是由協會負責人承擔所得扣繳責任。」經查證結果，果然是過去承辦先生只填協會登記證字號，而未填統一編號，害得公家收入，卻扣個人所得稅，這是不公平的。

經過這次事件，理事長自認有點不符情理法，並叮嚀以後承辦人要記得這次經驗，詳細看清楚填寫，以後不要再犯錯。

三、研習與改進

民國八十六年度縣府舉辦人民團體講習會，研習會中，本會再度榮獲政府頒發會務工作評鑑「優等獎」，會中除頒獎典禮，亦安排指導長官講習有關社會團體會務，及邀請國稅局主管說明：「教育、文化、公益、慈善機關或團體」，免納所得稅適用標準之介紹，及其他稅法上問題。

研讀所得稅法，及附帶的法令，才發現本協會章程，雖符合第四條第十三款「教育、文化、公益、慈善機關或團體，符合行政院規定標準者，其本身之所得及其附屬作業組織之所得。」此條款之免稅規定，但章程卻沒有明列有關「教育文化公益慈善機關或團體免納所得稅適用標準」第二條第三款：「其章程中明定該機關團體於解散後，其賸餘財產應歸屬於機關團體所在地之地方自治團體，或政府主管機關指定之機關團體者。」

因此，於民國八十六年十一月召開本會第五屆第三次會員大會，討論通過增訂章程後，即報縣府核備。爾後將所有相關文件，檢送稅務單位申請免扣繳稅款證明。稅務單位並於民國八十七年初來函指明：「貴會存放金融機關孳生之利息，請免扣繳所得稅一案，核與所得稅第四條第十三款及同法施行細則，第八十三條規定尚無不合，准自申請日起，免扣繳所得稅，請查照。」隨後即發函給各相關單位備查。（所得稅施行細則第八十三條：依本法第八十八條應扣繳所得稅款之各類所得，如有依本法第四條各款規定免納所得稅者，應免予扣繳。）

四、「服務」為宗旨，非「福利」為取向

民國八十七年十一月本會舉辦第二屆婦女徵文比賽活動，補助單位同意補助此次活動經費，這次在填寫收據上，特別注意將統編填上，希望不要再發生過去同樣的問題，但支票上同樣被扣十%的稅額。領著支票，再去找有關人員說明，本協會一向本著以「服務」為宗旨，而非以「福利」為取向，協會章程亦已修訂符合所得稅法各項規定，並將符合之規定，一一向有關人員詳細說明如下：

首先，本會合於所得稅法第十一條第四項規定：「本法稱教育文化公益慈善機關或團體，係以合於民法總則公益社團及財團之組織，或依其他關係法令，經向主管機關登記成立案成立者為限。」本身無任何營業或作業組織收入（包括無銷售貨物或勞務之收入），僅有會費、捐贈，可免依所得稅法第七十一條規定辦理結算申報，以資簡化。換言之，本會是可免辦結算申報。

其次，本會符合教育、文化、公益、慈善機關或團體免納所得稅適用標準第二條第一款，合於民法總則公益社團及財團之組織，或依其他關係法令，經向主管機關登記或立案者。

第二款除為其創設目的，而從事之各種活動，所支付之必要費用外，不以任何方式，對捐贈人或與捐贈人有關係之給予，變相盈餘分配者。

第三款其章程中，明定該機關團體於解散後，其賸餘財產應歸屬該機關團體所在地之地方自治團體，或政府主管機關指定之機關團體者。

第四款其無經營與其創設目的無關之業務者。

第九款其財務收支應給予、取得及保存合法之憑證，有完備之會計記錄，並經主管稽徵機關查核屬實者。

尤其有關第九款方面，以民國八十五年承辦勞工徵文比賽，縣府補助十五萬元，於活動畢，將相關結算表、原始憑證、扣繳稅款明細表，並將餘款三八、三八四元全數繳回縣府。一切依法秉公處理，想必其它縣市找不出這樣人民團體。不僅此項活動，其餘活動都是依程序及規定辦理，相關資料，於有效期間內呈報主管機關核備。

還有，另一件事更值得一提，所有工作同仁及評審、編輯委員都是義工，任勞任怨，盡心盡力做好每項文藝活動，每一塊錢發揮最大效率，絕不輕易浪費。如此用心，又年年榮獲政府評鑑「優等獎」的團體，為何補助款還要扣稅呢？這筆稅額雖不多，但若好好運用可以做更多事情。

如此詳加說明，有關人員仍舊說：「這筆錢並非他們取用，亦是繳到國庫裡，稅務機關每次在受訓上課時，都再次強調有許多不肖社團，常假公濟私，向許多機關單位申請補助款，不申報而逃漏稅，因此，在支出所得時，要先扣除所得稅，若不扣除，就有圖利他人之嫌，該負行政責任。」

又說明：「本單位主管，本身非稅務人員，無具專業知識，社會團體眾多，無法一一審核，一切由稅單位來審核，若審核結果發給證明文件，則依文辦理。」再說：「這次協會舉辦活動有支付比賽獎金給得獎人，因此，這筆補助款，不但要先扣繳十%，而且協會要於活動畢，次月（八十七年十一月十日）向稅務機關填報所得稅扣繳憑單申報書，申報領取獎金得獎人扣繳憑單，然後再申報退回協會扣繳稅款。」一切依主管機關指示到稅務機關辦理。在申報退稅時，稅務機關小姐曾影印一份資料給我，說明本會符合所得稅法條款規定，不須扣繳稅額。並要我們請原扣繳單位申報註銷扣繳憑單，將原始繳款書申請退回。

隨後轉往補助單位，並將稅務人員資料與內容，向有關人員說明。但有關人員非常熱心，取借稅法，再次說明他的主管不會接受，而課徵稅是受稅務機關指示，並舉例說明稅法第四條第十三款中，「符合行政院規定」是什麼？曾經請教稅務機關人員給予解釋，但透過電話轉來轉去，最後不了了之。

所以除非有免稅證，否則仍然要課稅，而且若協會有「免稅證」，以後任何一個單位申請補肋款，都可以適用。

五、令人費解

這次再研讀有關稅法條文，再次呈文稅務機關申請免稅證，結果回函竟然與以前利息免稅證明一模一樣，只是發文文號與時間不同而已，這次帶著所有相關資料前往稅務機關請教，詳加說明已有利息免稅證，我們要的是「所得免稅證」，結果稅務人員說：「只有利息免稅證，而沒有其他免稅證。」

再說：「條文明明白白規定著清楚，並且舉辦活動內容補助單位最清楚，怎麼反倒要我們審查，真令人費解，那訂這些條文做什麼用呢？」最後說明要本會來函將所有所得稅扣繳憑單影本附上，由稅務單位正式發函給補助單位辦理註銷扣繳憑單，及原始繳款書申請退回。

深怕有效期間過期（稅法施行細則第九十六條退稅有效期間已刪除）而當場詢問，稅務人員回答：「追溯權五年，貴會可以慢慢辦理。」因怕好事多磨，隨後即呈函，這次有關所有稅法條文內容、民國八十五年與民國八十七年所得稅扣繳憑單、活動補助收據、支票、成果報告書等相關證件資料影本各乙份，一份正本稅務機關，一份副本寄補助單位。補助單位承辦人一收到文件之後，馬上打電話說明以後，就不再扣除所得稅。

六、官字兩個口

「官」字有兩個口，話可以這樣講，怎可那麼做呢？兩個機關單位互踢皮球，曾經有位校長亦敘述遭遇這同樣的事，事後自認了，並自掏腰包付稅。

在私下曾問那位有關人員，難道沒有人像我們一樣反應嗎？他的回答：「有，不過經我們解釋後，就沒有再見人了。」許多人民團體，碰到這樣的事情，聽一面之辭，摸摸頭自認，反正又不是扣自己的錢。都是公家錢嗎？有多少錢做多少事。

我卻有一個疑問，為什麼向國家申請補助款，用在造福百姓的公益活動上，結果將發出來的錢，扣一部份回去？那不是多做多錯，有這樣的道理嗎？

經歷四個年度，整個前因後果，豁然發現有關人員，利用自己權責，在法規邊緣搖搖擺擺，時而扣，時而又不扣，真是模稜兩可。

平行機關雖可達到監督及制衡效果，但若承辦人員沒有足夠了解法規，與有關規定，或者是勇於面對權責，最後卻違背公務員「服務於民」的精神；而另一方面，人民若不追求「知的權力」，最後亦只有接受，那又證明了中國人是「馬馬虎虎」、「差不多」的民族性，不符合現代「民主」、「法治」的公民精神。

最後，感謝承辦單位人員，能給予這次「機會教育」，因本人求真求理的態度，而一再追訴，並非無理找碴，而是學習中求事實，若有些出入的觀點，與看法的敘述，純是個人研究的結果。

感謝協會給予我環境，更感謝理事長，全體理監事、長官及朋友的鼓勵與指導，再次以「人之所以有限制，那是因為環境經驗有限；人之所以有膽量，那是因為有見識」。願與大家共勉之。

後記

此篇刊載於民國八十八年五月四日《桃源集粹》桃園文藝選集第十六集，最後文中的稅款二年後終於追回了新台幣八千多元進入文協的帳戶中。

事——新鮮事、古早事、傷心事、好笑事

鮮事天下無奇不有，在文協這片小園地，也發現一些有趣及有意義的事，每當敘述一些故事的來龍去脈，竟能令對方放出不可思議的眼神，然後再發出驚嘆之語，在當今社會中，還會有這樣的文藝團體，有這樣有心人在耕耘，真令人由衷佩服。

有甚麼新鮮事、古早事、傷心事、好笑事，值得向大家報告呢？讓小女子來想想這五年來值得一提的事：

一張生日卡，天降壹萬元

一個晴朗的星期天，因會務工作到辦公室，正要結束無人干擾的光陰，約十一點鐘時，門鈴聲劃破寂靜，「請進！」開門看見是一位高高的，臉上留有兩撇鬍子

的男士，手裏握著一張生日卡，帶著懷疑的心情與試探的口氣，說明自己也是屬於協會創會會員，已經許久未參加協會活動，但是協會一直寄協會的生日卡給他，搬家了，去年寄到舊地址，取件時已過期。變更地址後，今年生日前收到卡片，可是生日日期卻在假日，不知是否有人在辦公室？還有，是否辦桌請客？還是簡單便當一個？我告訴他只有便當一個，並且打了電話訂兩個便當。

等候時間中，坐下談談，他不斷提出許多問題及看法，應該如何……又該如何……，比方生日應該一個月集體餐廳請客，才不會為了一個便當不好意思來吃，大家一起慶生熱絡又大方，不像上次在會員大會開會時，只有一份點心禮盒，有一位老太太當場大聲說，這只夠帶給我孫子用來吃點心；還有協會好像沒有辦什麼活動，以前的活動都是只有某些中老年人有機會，應該怎樣做……才能……，不然像我那時只有十八歲的年輕人都沒機會了。問題一個接一個，我也一個個說明與解釋，並請他將過去的總總都忘記。

自從張新金理事長接任後，沒有什麼經費收入，從沒有一支筆，到現在有辦公場所、辦公桌、電話、傳真、電腦等，以及最重要的工作人員（全都是無給職義工），天天有人在協會辦公（有時假日還加班），在全省中，後文協在其他藝文團體找不出來了，加上「做事一點困難都沒有，只要肯做，想做，做下去就對了」的態度，及榮獲四度縣政府評鑑「優等獎」的肯定，與幾乎平均三個月一次大活動，每次活動參與度高，凝聚力強，在短短三、四年中會員從一百多增加至三百多人的成長率，還會沒有信心嗎？相信，今後你也會常來協會，因為我對協會有信心，更對會員有熱情。

時間真快，轉眼兩個小時已過，熱便當都快涼了，他表明要繳清年費，我將收據開好交給他，這時，他又從口袋裡掏出一疊紙鈔說是捐款，點了一下，竟有壹萬元，並要轉理事長，重新給他一次機會，讓他也可以為文藝界奉獻力量，以後有需要儘管分咐。

從此，果然經常到協會幫忙，成為一位熱情盡心的會員。並非只因為他捐款壹萬元的行為，而令我感動，而是他因誤會、懷疑，並且馬上用行動來證明一切，當今社會，像這耿直又敢作敢當的人，真是不多。

社會並不是某些人的責任，團體亦非是為某些人而存在，只要有心，出錢或出力，同樣都可以為別人做一些有意義的事。

（感謝這位創會會員——鄧仁瑞先生。）

一張生日卡，結緣萬萬年

去年，十一月五日為忙著籌辦藝文聯展，桌上堆滿了寄發婦女徵文比賽頒獎典禮邀請卡、藝文聯展通知函、劃撥單、信封……，雖然是星期日，時效緊迫，只好加班。接到一通電話，說明是一位剛加入的新會員，收到協會生日卡要來赴約，馬上回覆：「歡迎！等你來。」

實在太忙碌，一開門，見到一位身材微胖的女士，年約四十多歲，帶著滿面笑容，非常客氣，直說協會怎麼有工夫還請我們吃飯，不過好奇心，想來看看辦公室情形。我一邊招呼一邊要她坐下來，說：「請喝茶，不好意思，你要不要看看報紙或電視？」然後，雙手又開始忙起來了。她張望四周的照片，說：「你好忙啊！需要我幫忙嗎？不要客氣，下午我沒事，一起來做。」就是這樣開始與協會結緣。

用餐時，不斷說出：「當初認為辦公室應該是泡泡茶，看看報紙很輕鬆。記得，在會員大會上，看到你打扮漂漂亮亮的，身邊又坐著那麼多人，好威風，在辦公室一定有很多人替你做事。但今天一看，完全不是這樣，而你是如何將每次活動辦的成功？」

我笑笑說，有一個完整工作計劃，然後大家共同分工合作，慢慢地，一項一項實施改進，直到完成任務。她又接著說：「一面要忙工作，又要打點辦公室一切，買便當、跑郵局、銀行、打掃環境……，哇！我們真是幸福，也真是不惜福，光看桌上這些『函』，接到時從未想到協會用心安排，看了它有興趣就參加吧！若無興趣就把它扔掉，有些時候還會抱怨它怎麼都不適合我呢！」。

行銷學有句話說：「顧客永遠是對的」，在會員裡有埋怨與懷疑，可說是對的，但也要說是不對的，或許協會辦的活動不是符合人人需要，但一定是以多數人需要為考量；又因經費、人力不足，宣導不夠，甚至可能過去有人以「多做多錯，少作少錯；多一事，不如少一事。」的態度，而使一些訊息傳達不落實，才會導致有這些負面的聲音。

但從另一面來談，人民團體本身就會結合志同道合的朋友，若只因無法達成自我目標或目的時，參與活動度就降下，甚至不參與，沒了解而發出種種不利協會的傳聞，那就是不對，對協會團結及努力是很大的打擊。協會多年來，藉以生日卡來聯繫會員，產生互動，就是要讓有心人為文藝推展，產生一股力量。（生日卡註：我們準備了你的便餐，若無法前來，千萬記得來電，不要放我鴿子喔。）

一個簡單的便當招待，整個下午的幫忙，從此只要有活動，她就會主動前來協會幫忙與協助。經過一段日子，她對協會工作有些認識，亦產生配合與默契，正式在理監事會議提案，通過擔任無給職的職務——會計工作。

她以僅有國中畢業程度，沒有當過公務員辦過公文，甚至四年前，一次車禍差點奪走生命，腦部受創，使得喪失許多記憶，經歷多次復健，已恢復健康身體，目前除了平日學畫畫，寫寫書法外，已沒有上班，家庭成員簡單而美滿，有先生及正在當兵的兒子，除晚上需負責煮飯給先生吃，其餘時間自己安排。

就是這樣有先生的支持，在協會短短二個月時間，慢慢學習會計，開始寫公文，經過辦公室幾位經驗豐富前輩指導，加上她非常努力學習，幾乎每天早上從鶯歌騎摩托車，早上八點半前就到桃園市的辦公室，有時辦公到晚上六點。對每一件事認真做筆記，一次又一次修改、檢討、改進並徹底執行。只因深怕自己能力不足，而誤了協會工作進度，請教別人時，嘴邊總掛著：「我很笨喔！要請你慢慢教我，可能會一教完又忘了，所以會讓你覺得很麻煩。」

我經常勉勵她，自己是學國際貿易，對文藝完全外行，當初跟你一樣，什麼都不會，一張白紙，憑著興趣與做好工作的執著，一路走下來，變成一些人口中的能幹，相信你一定辦得到。現在，她真的做到了。

協會就像一個聚寶盆，取之不盡，用之不竭，但還有一個必要條件，一顆「施比受更有福」的心。

（感謝這位會員林玉雲女士的幫助，現已為本會的理事，亦擔任中國美術協會副秘書長兼會計，也跟國畫大師胡念祖老師習畫。）

凡是走過的路，必留下痕跡

文藝團體在先天經濟條件上就不是很好，加上文藝工作不是一天兩天就可以見到成果，想要做的人真要帶幾分「傻勁」。張新金理事長接任後，本著知識份子盡一份責任、加一份力量，辦理公眾的事就是「公務員」的精神。

五年多，一路走來，伴隨做事的同仁，來來去去已有十二人，總幹事徐鴻元、副總幹事鍾常遂、副總幹事萬國鼎、副總幹事徐誠、副總幹事尹駿、副總幹事孫松、副總幹事張思正、秘書李金宏、秘書吳麗君、秘書周森椿、秘書張至順、會計江麗雲，他們所付出點滴的成果，都記錄在文協的歷史裡。

是前輩子修來福氣吧！我能在這些優秀前輩中學習與磨鍊，有時見到他們回到協會聚聚聊聊，真是開心。當初，見到他們一個個離開，有時有些無奈，有時有些不捨，因為每一位走時，都有他們不得已的苦衷與理由，在任何團體中，義工的流動率本來就很高，更何況又有一些環境因素。

徐鴻元先生是一位非常熱心的人，雖然自己事業非常忙碌，本身活動力強，身兼許多團體理監事，偶爾還是抽出空到辦公室，當初協會辦公場所，就是他提供自己以前辦公室，以酌收少許管理費，而讓協會有一個舒適辦公場所。可惜太忙了，無法兼任而離開。

鍾常遂先生是一位令我欽佩的人，張理事長一上任，便聘請他擔任副總幹事，將檔案建立井然有序，創會至今有文件可查是從他開始擬稿，若不是孫子玩鞭炮，不小心將耳朵弄壞，聽不到了，不然他可以為協會做更多事情，我亦常借機會向他請益更多。

萬國鼎先生是一位嚴守法令規章辦事的人，在他任內創辦勞工徵文比賽，及藝文聯展，活動開始熱絡起來，以前文章中曾提起舉辦勞工徵文比賽，就是由他向政府申請十五萬元，剩餘款三萬八千三百八十四元整，原封不動退還縣政府，讓政府對我們另眼相看，日後，影響我辦活動，首先要將法令規章熟讀與了解。

徐誠先生是介紹我進入協會的長輩，因為當選第六屆監事，法令規章規定理監事不可兼任辦公室工作，加上年事已八十五歲，家又住大園，多在家休息，但開會時都會準時出席，大家見見面敘敘舊。

李金宏先生是一位熱心勤快的人，以前他的辦公室位於協會五樓，兩夫妻經常下來幫忙，他是從事有二千多人成衣工會負責人，自從協會搬家後，加上會務日益繁增，只好將自己事業照顧好。

餘下尹駿先生、孫松先生、張思正先生、吳麗雲女士、周森椿先生、張至順先生、江麗雲女士，有些因太太生病，須在家幫忙，不然就是要照顧婆婆、孫子，或換工作無法兼任，或是身體不適，不能久坐椅子，腳會水腫，醫生建議須在家休息。種種因素，讓他們離開辦公室，但是並未離開協會、離開文藝界，凡是有所為者，必為世人留下痕跡。

數字會說話

桃園縣文藝作家協會自民國七十七年八月八日至今有二十年，會員成員三百多人，包含作家、詩人、畫家、書法家、音樂家、編劇家、教育家（校長、教授、老師）、民意代表（立法委員、國大代表、縣議員、鄉鎮市民代表），及政府人員等，是謂「文」「藝」是屬多元化的文藝團體，而非一些特定藝文團體，需相當門檻資格及特定類別，才能進入的團體。

近來心血來潮，翻閱會員名冊，發現一件很好玩的事，因而玩起數字統計遊戲：

姓別：男性有一九二人、女性一二二人；年齡：八十一歲—九十歲有二十一人、七十一歲—八十歲有九十三人、六十一歲—七十歲有三十八人、五十一歲—六十歲有四十九人、四十一歲—五十歲有六十一人、三十一歲—四十歲有三十九人、二十歲—三十歲有十一人。

職業：會員中掛有理事長、負責人、發行人等名稱約二十多人；總幹事、秘書長、主任職務等約四十五人；擔任委員、理監事、顧問等人約九十人；擔任校長約八人、教授五人、研究員三人；企業老闆、幼稚園園長等約六人；還有醫師、記者、里長、軍官及公務員退休、主持人、總編輯……等，他們領導或服務組織範圍，從國際性、全國性、全縣性到地方性。

這些人、事、物裏，若是有興趣，時間充足，慢慢請益，細心收集，可以整理出許多歷史足跡，與各類文藝發展過程。

後記

此文節錄民國九十年五月四日《桃源集粹》桃園文藝選集第十八集，也在此恭賀本會會員高麗敏女士藉以文協資料與會員完成她文學論文。

美夢成真

一、前言

故事是有力的溝通工具，解脫你不自知的能量，去改進、協調，去表達和成長。在桃園縣文藝作家協會歷經四個年頭，深深感受到「施比受更有福」，於是經常帶著一顆興奮的心，向別人敘說在協會點點滴滴的過程，說者「渾然忘我」，而聽者「身入其境」，每說一個故事，就像聚寶盆，不斷分享（服務）與別人。

二、勇敢將不可能的「不」拿掉

記得，第一次舉辦婦女徵文比賽，是民國八十六年十月一日開始徵稿，十月三十日截稿，十二月五日即公佈得獎名單。

劉桂珠小姐是於十月三十日將文稿以掛號寄出，當十一月六日接到電話，告知得獎入圍時，向她索取身份證影本、相片、公司名稱、住家地址、電話……，並安排上美聲電台發表感言，那一剎那，她不知是喜？還是驚？

喜的是自己得獎入圍，驚的是太快了！一下子電話通知要這個資料、那個資料，這一串來得太突然，她精明過度的父母，開始擔憂懷疑有詐，不必贅言，這是深怕不知不覺中掉入一場陷阱，利用徵文比賽收集資料，騙取他們漂亮女兒上當，而吃大虧，這也是天下父母心的常情。

所以，雖然聽到這些話，我並不意外，反而產生親密感，不過，說句良心話，連自己也深深感覺到，當今社會上存在著各種花樣的陷阱，詐騙民眾。索性靜待十二月十八日在縣府大禮堂舉行的頒獎典禮，由縣長呂秀蓮女士親自頒獎，果然她父母親自陪同參加頒獎典禮，終於這個疑團給予解謎了。

桂珠小姐告訴父母說：「爸、媽您們看，縣長親自頒獎，現場的貴賓都是地方知名人士，參加來賓皆是文藝界先進朋友，這正是我想要參加的團體，我要加入這個協會。」

有一天，父母親特別為了送女兒入會申請書，來到協會辦公室，瞧瞧是什麼樣的文藝團體，讓他們的女兒投稿不到十天，通知得獎消息，又不到二十天將女兒的作品發表出書，並且承蒙縣長百忙之中，親自頒獎。

另外，這本書讓女兒的老闆及同仁說：「公司因妳的作品簡介刊登公司名稱，而沾上榮譽。」一張與縣長受獎合影照片，及各種媒體的報導，讓全家、親朋好友共同分享這份成就的喜悅。

一進門，理事長與同仁們熱情款待，娓娓道說協會種種，與首次創辦婦女徵文比賽整個過程，及其他得獎人的心聲和快樂，暢談一整個下午，母女竟雙雙加入協會成了會員。

從談話中，理事長不斷鼓勵這位母親，試試將表達內容，轉換為文字敘述，必是一篇動人的故事，這位母親謙虛地說：「我只有讀到小學程度，這些想法都是平日晚上市集做小生意時，與顧客聊天，看到人世間百態，內心有感而發，沒有什麼值得別人學習，更別談將它寫下來，不可能啦！」

理事長很親切，不斷地鼓勵她，不要放棄任何機會，更不要看輕自己，終於在

《桃園文藝選集》第十五集裏〈孝之我觀〉，首次發表她的第一篇處女作品，故事內容平凡而懇切，是一篇相當感人的文章。從此，她便跌破家人的眼鏡，學歷最低，卻是家中作品在書籍中，發表最多的一位。

爾後，她又告訴我們另一個驚訝的故事。她有一位姪子，今年就讀國小五年級，有一天，老師在作文課出了一道題目，這位小朋友竟然不到二十分鐘，便將作文寫完了，東張西望，老師見了，很不高興靠近說：「時間不多了，為什麼還不趕快寫。」小朋友回答：「老師我寫完了。」

老師懷疑翻閱他的作文，訝意說：「這篇文章寫得不錯，是不是昨天先寫好。」小朋友說：「老師！題目是您今天才出的，我怎麼可能事先寫好呢？」老師說：「可是內容寫得不錯，你怎麼可能進步這麼快？」

小朋友高興地說：「老師，我姑姑自從參加桃園縣文藝作家協會之後，經常將出版新書帶回來，借給我看，裏面有許多作家的文章，我不僅看一遍而已啊！就是這樣，我從裏面學到許多作家的詞句與表達方法。」

聽到這一則故事，不禁令我開心而感動，內心更肅然起敬，因為，承辦每一項活動，可能影響某一家庭，而真誠的鼓勵，可能改變一個人他的一生看法或成就。

有些婦女朋友私下告訴我，自從離開學校，便遠離書本，更別談翻閱字典，但《桃園婦友文選》，卻令她從頭看到尾，篇篇都是動人的故事，連自己亦開始蠢蠢欲動。

現在，已有些人開始執筆，啟開心靈的扇窗，寫下動人的文章，但願本會能幫助大家達到此境地。

劉桂珠小姐常鼓勵母親（范金梅女士）說：「媽！『字』它不會罵您，亦不會打您，寫不好撕掉再重寫就好了。」因此她母親再接再勵從事筆耕。

三、就是團結，文藝煥發光芒

民國八十八年六月二十日，縣府大禮堂坐滿本縣各級人民團體代表，又是一年一度舉辦人民團體研習會。

今年，算起來是筆者第四次代表協會參加座談會，每到這一刻，總是令人興奮又期待，因為本會又可能上台，接受縣府頒獎表揚評鑑「優等獎」的殊榮。

但是，人算不如天算，今年卻也無法添一面獎狀了，原因是本會已連續三年獲得「優等獎」，縣府決定鼓勵別的人民團體，而將機會轉給其他團體。這個訊息事先並未得知，是我們在會議前夕，主動打電話詢問相關主管，為何今年無審核本會檔案資料，才知道原因。

我依然準時參加研習會，在討論會上，我鼓起勇氣站到台前，首先恭喜今年得獎團體，隨後說出幾點內心感觸。

第一，縣府政策改變，並無發函通知，身為會務人員，如何面對全體理監事及全體會員，連續三年殊榮，今年沒了，「無憑無據」何以解說是政府政策變動呢？

第二，過去得到縣府評鑑優等獎，僅獲「獎狀」乙紙，是精神鼓勵。八十七年除了獎狀乙紙之外，另獲得「十萬元」獎金，那真是「意外」的雙喜臨門，今年本會並非在意那筆獎金，而是那份「精神鼓勵」的獎狀乙紙。

第三，若以目前本縣六百多個有活動的人民團體而言，每年接受頒獎者僅二、三十個團體，若以輪流方式來辦，是否三十年才輪到一次呢？且人民團體選舉換屆，人事變動等因素，而政府評鑑又是以何為準呢？「朝令夕改」，人民團體何以為準，又何言公平呢？然而，雖只是乙張獎狀，給予平日努力為公益活動的團體而言，是莫大的榮耀和肯定，更是最佳原動力。

前任縣府社會局劉永發局長當時主持會議，當場說明原委。首先，說出一段故事，他說：「今天拿到一張名片，名片上首行印著『榮獲桃園縣政府評鑑優等獎的人民團體』，可見這份榮耀，具有多重意義與鼓勵。一個人民團體，並非舉辦大型活動，花很多經費，有很多人參加，就能獲得政府評鑑的肯定。縣府評鑑是有標準依據，必須要從多方面考評，比方開會記錄、財務情況、文書檔案處理、舉辦活動成果，是否有依法律規定程序辦理與執行等。」

又說：「經常參加一些人民團體舉辦活動，辦得相當好，但在這些會務上，卻不盡然落實，因此縣府每年才會舉辦這個研習會，亦期盼明天有機會讓這些優良團體，會場上展示他們平日的成果。」

經過大家一個小時，熱烈討論「評鑑獎」的問題，並透過舉手表決結果，局長最後指示承辦主管，再行研究，並且希望明年不但表揚優良人民團體，同時亦表揚優良會務人員。

最後，縣長呂秀蓮女士在致詞中，勉勵大家說：「表現優良人民團體相信都已上軌道，人民團體皆為服務社會，都是犧牲奉獻，期許鼓勵更多團體發揮功能，共同創造社會的福祉，才是大家努力的方向。」

大家都曉得，文化建設是沒有底線的，推動時，並非馬上顯著易見，「文藝」這條路，經費來源掂拮，人力投入有限，是其它公益社團較難有所為的，必需民眾加強協助為要。

本會自張新金理事長接任後，以身作則，努力不懈，領導一群跟他一樣的傻子，群策群力，這些年來桃園縣文藝作家協會邁上軌道。每次到台中，參加台灣省文藝作家協會代表大會時，來自全省各縣市文協高級人員相聚一堂，已公認桃園縣的作為，備蒙讚譽，有口皆碑。

桃園文化中心李清崧主任曾說：「有錢辦得好是應該，沒有錢，而能將它辦得一樣好，才是貴協會難能可貴之處，若桃園縣能多幾個像你們這樣的團體，那該多好啊！」

其他相關單位，同樣發出聲音說：「你們是實實在在做事的團體，能幫上忙，一定盡力而為。」

張理事長新金先生常說：「我一生為人做事，只有一個大原則，對社會有利、民眾有福的事，毫不考慮任何一種阻礙，只知盡力做下去。」

四、結論

「天下無難事，只怕有心人」，自己慶幸身在這樣環境，與有前瞻的領導者做事、學習，是人生的轉捩點，見識寬廣的胸襟，也隨著啟動。

朋友們，若不信的話，請再靠近一點這群傻子，多參加本會舉辦文藝活動，體會一下，就能感受！

生命是首歌——唱它。
生命是遊戲——玩它。
生命是挑戰——迎接它。
生命是夢——了解它。
生命是犧牲——貢獻它。
生命的是愛——享受它。

有時我們的光溢了出來，但點燃的是其他人的火焰，我們每個人都感謝那些點燃這亮光的人，您愛聽故事嗎？請您來，我便分享給您！

呂前縣長秀蓮女士曾說：「讓自己成為發光體，去照亮別人吧！期待二〇〇〇年，從做二〇〇〇件好事開始。」

（節錄民國八十九年五月四日《桃源集粹》桃園文藝選集第十七集）

打造一艘愛之船，文化來起航

一、舉辦婦女徵文比賽起因與動機

記得在讀書時期，電視曾經播放美國影集「愛之船」，在這艘船上發生許多令人感動、生氣、好笑、有趣之事。因此，一集比一集更令人期待觀賞。

民國八十六年是我進入文協工作狀況啟動的一年，這一年桃園縣政府亦迎接台灣新女性主義的大家長呂秀蓮女士（曾任桃園縣縣長、現任中華民國第一位女性副總統），而文協八十歲理事長張新金先生又是一位順應新時代潮流，及支持婦女的長者。

我們這對老少配工作夥伴，從許多報章、雜誌與政府機關辦理各項徵文比賽中，研究分析後，發現針對一般婦女寫作的比賽卻少之又少，所謂「一般婦女」是指平時喜歡閱讀、寫信、寫日記、寫作，但很少將自己文章發表出來的婦女朋友，因此如何鼓勵婦女參與比賽投稿的計劃，就這樣開始籌備並舉辦桃園縣婦女徵文比賽。

在第一屆徵文比賽活動辦法中，就徵文內容從婦女身邊熟悉話題開始，就業、就學、自我成長、家庭、婚姻、讀書心得……，慢慢帶入社會性如性暴虐待、志工、政治、文學等議題，提升女性新知、自主與地位；更從第一屆成果發表之後，做大膽挑戰，在活動辦法中規定歷屆前三名不得參賽，並開闢「期待豐收」單元，讓歷屆前三名繼續有作品發表空間，目的只有一個，就是鼓勵再鼓勵。

一個月徵稿，第二個月即公佈得獎名單與出書，並恭請縣長署名頒獎。連續五年舉辦五屆婦女徵文比賽活動，共創造一百位得獎婦女，亦同時出版五集《桃園婦友文選》得獎者作品集。五年了，應該是停下來分析、研究、探討成果如何的時候，若一味地辦下去，那可能侷限一個格局，而無法達到真正目的與意義。

如何再重新啟動這項有意義的活動，本會成立第五屆婦女徵文比賽的「徵文評審委員會」暨「出版編輯委員會」，並召開三次會議，其中探討應開放兩性一起參賽，讓作品內容更加豐富而多元化，並且間接提升女性接受更多平等挑戰，進而讓歷屆前三名（三十位）菁英再次回籠。

另一方面，行政院文建會上級主管亦在退回申請「桃園縣婦女徵文比賽」補助案中，建議本會未來可以舉辦開放屬於全國性婦女都可參賽的活動。因此「桃園縣第五屆婦女徵文比賽」將成為此項活動的轉捩點。

二、由「數字」成果粗淺的分析

由於本身是就讀國際貿易，認為文化工作應與工商企業一樣，須從「行銷」效率、「市場區隔」達成率，甚至它（活動）產值的創造有多少，故每年花費縣政府近十六萬元的經費，舉辦一個徵文活動，究竟能給桃園縣十三鄉市鎮婦女產生甚麼文化動力？現在讓我們一起來探討，而由「數字」成果粗淺的分析，期待讀者能提供更多創意好點子，共同開創我們桃園文化的提升。

首先，提到「行銷」效率，由民間舉辦活動，往往比官辦活絡。二十世紀講網際網路的行銷，或許官辦活動，可以透過電腦網路，利用文化局的文宣廣告，但效率是否真正達到呢？人力與物力投入，與成果是否成正比呢？在二十一世紀裏，政府一直大力提倡社區總體營造，就是期望透過民間力量與需求由下而上，自動自發，而所謂政府、民間、企業「網路」的結合。

本會就舉辦這項活動而論，透過本會策劃活動計畫向政府申請補助，有了政府做後盾，待箭而發，透過查會十三鄉鎮市三百多位會員基本群眾網絡力量，並請媒體協助宣傳，及簡單文宣推廣。一個月徵稿時效，以及第二個月即時出版作品與舉行頒獎典禮，並恭請縣長署名頒獎，那股「時效」創造出來的成就感，真是無法用言語形容，更令她們產生對文藝接觸的共鳴，不但協會完成任務，另一方面得獎人感謝政府與文協舉辦有意義活動，再者創造她從未有的喜悅與成就感，甚至帶動全家一起鼓勵、參與（如親朋好友、母女一起參與比賽活動）等等的成果，紛紛從一個接一個感人的故事裏延伸出來，這亦是每年舉辦成功原因之一。

本會更是從八十五年會員有一四八人，女性十八位，平均年齡七十歲以上，如今九十年會員已成長至三二〇人，女性一〇二人，平均年齡值分佈為四十歲與七十歲兩個區間，從這數據可看出舉辦活動所帶來的成長速度。

其次，就「市場區隔」的達成率來看，一個多月徵稿期，論起來是短促，但產生爆發力卻相當大，從十三鄉市鎮參與人數分析，可以了解需要擴展的方向；從職業數據分析，可以窺看出文教界是舉辦活動的主力軍；而從教育程度及年齡層，可以得知一般大學、大專與高中、高職，在三十歲及四十歲之間婦女，有生活歷練、對求知渴望、追求自我目標實現與生涯規劃者，正是符合這個時代的新女性。

最後，從舉辦五屆婦女徵文比賽中，對桃園縣文化可以創造那些「產值」呢？女性本身就具有細膩、感性、耐性等特質，從事文化發展是最佳的帶動者。從每集「桃園婦女文選」書本介紹得獎者學、經、歷中了解，在學校中是一位盡職優秀的教師，在工作職場裡肯定是老闆得力的助手，在家庭中必定是位賢能主婦。因此，若能從各界角落將發掘出來的婦女，整合與配合所需，適時供應資訊與聯絡，及提供想要進修課程安排，都可以為桃園縣文藝推展帶來新機。

當然，其中經常發生阻礙，因為許多婦女以家庭生活為重心，或碰到挫折即刻縮回，這時社團是一個很好的管道互動。文化工作本身是永無止盡的，需承擔許多阻礙的壓力，短期間又見不到成果，尤其當前經濟不景氣，文藝被視為非生活必需品，而不願參與投入，但身為文化的工作者應建立使命感，為我們下一代創造優質「人本」的生活文化環境，期待政府、民間、企業結合一條環環相扣的網路鏈，相互支援合作，莫因許多機關團體資源競爭，產生排擠，而造成傷害。

三、文化傳薪再出發

打造一艘愛之船，乘載濃情「文」「藝」之儒，用真心與赤情，無論是在地化、本土化或國際化，就讓生生不息的文化之帆再度揚起，帶領我們航向桃園每個角落，讓我們的心靈有如海洋般自由、湛藍、和平與融合，讓我們的精神生活與生活環境更純淨豐碩，不再侷限於物質享受的溫飽而已。

桃園縣文藝作家協會自民國七十年八月八日成立至今有二十多年歷史，會員包含寫作的作家（小說、散文、傳統詩、編劇……）、美術家（國畫、書法、油畫、水彩、篆刻……）、教育家、音樂家等人才，正可謂「文」「藝」作家的協會，稱得上為文化資源豐富且深耕不可多得的團體。

《桃園文藝選集》共計有十八集，上千個作品，《桃園婦女文選》共計五集，上百篇文章，篇篇皆有感人的故事，裡面有著他們的夢，期待能實現。請愛護及肯定，繼續給他們舞台與空間，當他們展現出來時，不吝惜您的喝采，這就是他們最終的目標與力量。

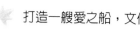

四、送一件最俗的禮——「感謝」

感謝老天給我一位知遇之恩的好長官，又能在這樣純淨且富人文氣息的協會成長，更有一群經驗資源的前輩志工相伴隨，又鼓勵又支持，才能將接踵而至的問題克服，圓滿達成任務。「一個先進國家，一定有一群志工在那默默付出」，身為一位文化志工，真是出錢出力，無怨無悔，這樣的情操更令人感動與惜福。

另外，協會背後一直有肯定支持我們的政府，由上至前任縣長故劉邦友先生、副總統呂秀蓮女士，至今的代理縣長許應深先生，與縣府各級主管；還有桃園縣議會林傳國議長與全體議員，以及全體鄉、鎮、市公所出錢又出力；還有相關媒體協助與宣傳；還有一位這些年一直協助本會的會員，亦是本屆徵文的主任委員朱鳳芝女士，與所有關心、協助我們協會的人。在此，用一種最笨方式，最俗氣的方法來感謝您們——「謝謝！謝謝！再謝謝！」，因為有您們做後盾的力量，才能推動與完成每一個使命。

「小成就靠自己，大成就要靠眾人聚集的力量」，願繼續作一塊「文化志工的磁鐵」，吸取更多共鳴有志者，一起來回饋我們的好故鄉——「桃園」，以及我們土生土長的美麗寶島——「台灣」。

（此文節錄民國九十年十月二十七日《桃園婦友文選》第五集）

附件

五屆參賽者的職業與教育程度數據與分析圖表

職業	86年	87年	88年	89年	90年	合計
文教	14	14	28	45	29	130
工/商/醫	15	8	8	12	13	56
學生	5	5	8	14	6	38
家庭主婦	2	10	6	10	10	38
公職	3	6	8	10	5	32
合計	39	43	58	91	63	294

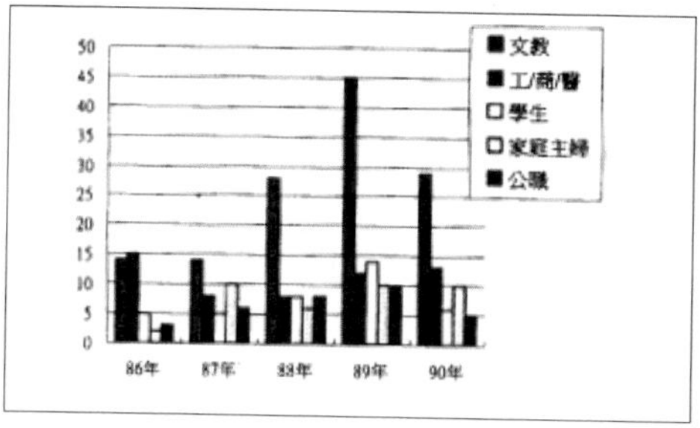

教育程度	86年	87年	88年	89年	90年	合計
碩士	1	4	8	9	6	28
大學	20	19	31	49	31	150
專科	10	10	10	10	7	47
高/中/職	5	8	8	21	18	60
國中	2	1	1	2	1	7
國小	1	1	0	0	0	2
合計	4	6	9	11	7	294

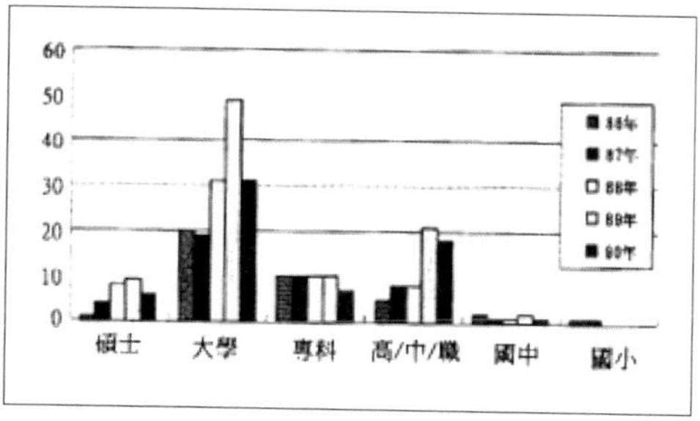

桃園縣婦女徵文比賽活動十三鄉市鎮參與人數表

13鄉市鎮	86年	87年	88年	89年	90年	合計
桃園市	13	20	16	33	17	99
中壢市	16	8	16	22	11	73
平鎮市	3	1	7	6	6	23
八德市	1	2	7	6	7	23
龜山鄉	0	3	5	7	6	21
楊梅鎮	3	4	3	3	2	15
龍潭鄉	1	2	0	3	5	11
大溪鎮	0	2	2	3	4	11
蘆竹鄉	0	1	1	3	2	7
大園鄉	1	0	0	3	1	5
觀音鄉	1	0	0	1	1	3
復興鄉	0	0	1	1	1	3
新屋鄉	0	0	0	0	0	0
合　計	39	43	58	91	63	294

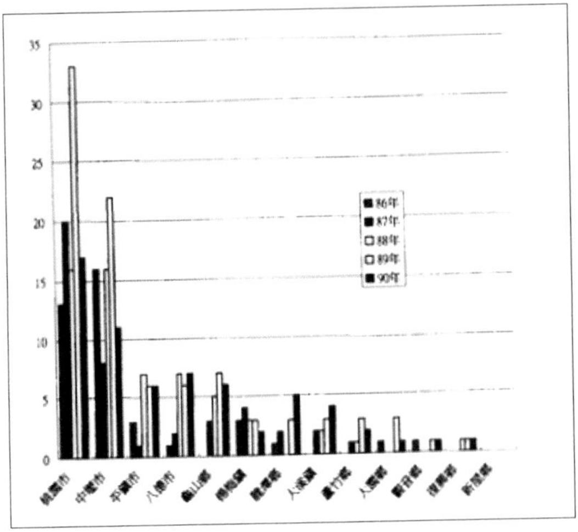

五屆參賽者的年齡分析數據與圖表

年齡	86年	87年	88年	89年	90年	合計
18-20歲	3	3	5	3	2	16
21-25歲	5	3	6	7	5	26
26-30歲	7	5	14	12	7	45
31-35歲	10	8	13	15	15	61
36-40歲	4	11	5	14	13	47
41-45歲	3	6	7	23	8	47
46-50歲	5	4	6	9	8	32
51-55歲	0	2	1	5	2	10
56-60歲	1	1	1	0	2	5
61-65歲	1	0	0	3	1	5
66歲以上	0	0	0	0	0	0
合計	39	43	58	91	63	294

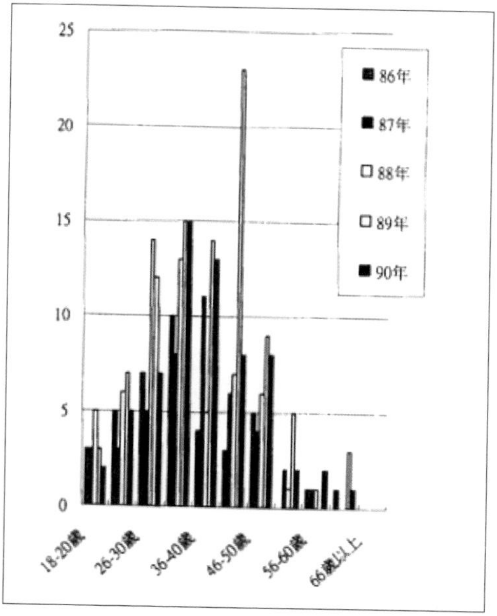

生活與藝術的對話

時間：九十三年七月十八日
地點：聯合報——南園
主講：桃園縣文藝作家協會　理事長　楊珍華
整理：劉育瑄

林理事長、林總幹事，還有特別陪夫人來參加這次研習營的菁英先生們，及台南縣中小企業婦女夥伴們，大家早。

我是桃園縣文藝作家協會理事長楊珍華，此協會於民國七十年八月八號成立，已經有二十三年的年頭了，剛才我和理事長聊了一下，發現到你們的協會目前已有四百多人，而且每個月皆有在辦活動，這是我非常佩服的地方，每一個月要辦活動，應該不是說辦活動，而是說那個活動的持續率，能要不斷的自我挑戰，因為我們中國人都有一個觀念——有做讓人嫌（台語發音），多做多錯，少做少錯，不做都沒事，要能多做多錯並讓人挑戰他：「你這個做的不好。」「你那個做的不好。」這種精神，還要再借大家的手為林理事長鼓勵一下。

從台南風塵樸樸來到北區的南園，這裡的南園山明水秀，你們來到這裡應該是換個空間做一下呼吸，我希望我這堂課也能讓大家來做一個心靈的深呼吸，文藝的東西很多人關心，我在做分享時也常深深的感受到，對方的眼神是充滿著熱情，充滿著「好棒喔！」等很豐富的感覺，這是和他們之前接觸的領域最不一樣的地方；因此我很擔心到底有沒有給人家東西，或者，是不是他們要的；所以，在這裡有來過第二次聽我演講的人請舉手（加上理事長四個人），那有聽過上一次學員們分享來到南園而且感到不錯的請舉手（超過半數），可見此電波都有傳出去，我相信參加這樣的知性之旅，與希望換個環境，換個磁場，已經和生活週遭的磁場都不一樣了，今天不管家裡有大大小小的事，先暫時都割捨到一邊，反正看不到了，就先當沒有這麼一回事好了，來到這裡，我們心裡有覺得不舒服的地方，那就在這個大自然裡拋棄。

我不曉得昨天天氣是不是很好？（學員回答不錯）那你們可以去走走這個園區，我記得上一次天氣很好，有學員就說：「我來到這個園區很早就起床，我從來沒有去做擁抱夥伴的感覺。」他就和我分享說：「我竟然在這裡，我抱我的同事和夥伴，我竟然抱他們耶！」，那我想請問一下，你有沒有抱著你的夥伴？抱著你的另一伴？對！抱一抱這樣的肢體語言，就像我的孩子，到現在在無人的時候就會說：「媽媽，你今天還沒抱我耶！」其實，那種感覺是，他今天無論有了多少挫折，可能就在你親密的體溫接觸，拍拍他的肩、抱一抱他，他今天所有的挫折感全部消失，所以，來到這裡我希望今天壓軸的時候找一個你的伴侶抱一抱，再重溫舊夢吧！重新感受一下沒有孩子、沒有家庭，那初戀的感覺再來一次，若是沒有帶自己的另一伴，找個身邊的夥伴，總是要抱一下，呵護一下，如小女人般依靠一下，若是在家裡很多很多委屈，我想在這裡大叫幾聲，也沒有什麼關係，甚至，叫也不敢，抱也不敢，那在這個地方跑來跑去、走來走去，讓我們心靈、身體放鬆的方式，任何一個方式都可以，我想，來到這裡的目的，首先就是要讓你的身體、心靈、腦袋瓜全部淨空，帶著空虛的心，來到這個地方吸收大地的芬多精。然後，再加上昨天一場講座，今天一場講座，我們來一個心靈的深呼吸，我相信經過這樣兩天，休息是為了走更長遠的路，回去時又有不一樣的感覺，重新再踏入你的職場，重新再踏入你的工作、領域裡面接受挑戰。

我相信在深耕這一方面，大家在你的職場、領域裡，已經做了相當久的耕耘；我想人生，每一個人來到這個世界都是第一次，因此，我們常常在做摸索，會問自己下一步這樣做到底好不好？在我自己的挑戰裏常說：「不管今天我做了任何選擇，我都要有勇氣去走完它。」但是在走的過程，一定會有挫折，如果在辦活動一定會有不滿意的地方，但即使是不滿意的地方，你都要告訴自己：「你進步了。」因為倘若說常在滿意的狀態下，有兩種可能，一種是你停滯了，而在自我滿足，另一個可能是，你根本沒有感覺。

所以當別人說：「你好棒，好棒……。」那種呼喚中，好像也是不錯，一種持續的動力，但是每一個人在選擇那一條路的過程時，絕對是要不斷的修正它、探討它，「咦！我這樣走好不好。」那走完時再回過頭來，總是走那麼一段路了；所以在人的歷程中不要怕接受挑戰，也不要怕走錯路，只要勇敢的去接受它、面對它、處理它，最後都不行了，也過了，那就放下它吧！何必要讓自己的心理為了那個過去事而斤斤計較呢?應該要讓自己的眼睛在看遠程一點，我相信這種感覺會不斷持續，我也相信每一次林理事長辦活動，只要有參加，一定都會有收穫。

像我之前講得海綿，來到這裡淨空自己的心靈，向一個海綿一樣去吸收，吸到一個程度；像自己以前在外面，課程都是自己挑的，好的、壞的統統參加，所以相對的，人家倒黑的墨水要吸，人家倒紅的墨水也要吸，最後，海綿會蒸發，那一層就會變成雜質，因此，慢慢的我也發現，是不是自己可以變成一塊磁鐵，磁鐵是有共鳴的喲！

我曾告訴一位教授說我很想變成一塊磁鐵，然後那位教授跟我說：「鐵和磁鐵有何不同？一樣都是鐵啊！為什麼鐵不能吸磁鐵，磁鐵能吸鐵？」原來，鐵的密度沒有磁鐵密集，排列順序也沒有磁鐵好；所以，我們今天能有這個因緣，能在這麼好的協會，有那麼多的菁英在為你辦很多事情，這樣的成長不見得是您上一課，我想，人有兩個，一個是銀行的存摺，另一個是無形的存摺，銀行的數字是會上上下下，另外一本存摺很奇怪，你愈取它就會愈用愈多，那就是我們的人力資源。所以，如果你在一個很好的團體裡，領導幹部又如此用心，那他真的就是一個大鎔爐，因此，早晚有一天，你這一塊鐵絕對會變成磁鐵，而當你是磁鐵時，你就是一個有魅力的人，有魅力的人是不同角色的，今天不見得說像理事長這樣站在這裡拿著麥克風然後只會講話，而是做不同的事情，甚至是很小的事，但他卻讓整活動環環相扣，這樣才叫做很好的角色。

而舞台上面有人演，舞台下面要有人看戲，每一個環環相扣都要有人去做，小螺絲釘的組合，這整個組織結構才能運作，那相對的，這塊磁鐵才能變成一個力量，才有辦法去做更多事情，更有意義的事情，而我們只不過站在裡面盡一分力而已，所以希望大家下次絕對不要放棄當磁鐵的機會。

我很感謝大家給我這個機會，讓我感覺到現在磁鐵變成聚寶盆了，在這裡四百多個人，四百多個家庭，四百多個不同領域的人，他們一定都有自己的寶，當你常常和這些寶接觸，你就會成為一個聚寶盆的人，當別人靠近你時，無論你要做什麼，無論你要什麼知識，都取得到。

我上一堂課也有講到，所謂的知識，我給它一個定義是：「我沒有聽過的，我不了解的，當我第一次接觸的時候，我感到好新鮮喔！它就是知識。」我今天和學員分享到昨天我到復興鄉，做國際十二件公共藝術的導覽志工課程訓練，光是用說的導覽，學員就說我好想去喔！也就是說第一次聽到作品的特色、作品的詮釋、作品擺放的位置，學員就會感到這是一個知識，是一種很新的感覺，但對於我們一直在接觸且受過訓練的人來講，我們應該要認為是常識了「這本來就是要這樣子啊！」「創作者本來就應該要知道，要做這些事情。」這應該是他們基本認知的常識。

所以說，你是知識多？還是常識多？那知識多，常識多，你就會從海綿晉升到磁鐵，慢慢的讓你自己變成個聚寶盆，這是一種生活領域裡的成長，平常你的深耕，你的探索，你的成長，人生有不同階段的研習，而不見得要在這個空間裡面，不見得要到某一個地方坐下來才叫學習，所以我常說：「學習是關鍵，成長看得見。」最重要的是你心裏那一份心，是想？還是要？「想」的話就是在那裡做白日夢，「要」的話就是想怎麼去克服它？怎麼去實現它？這就是要，而不是想。

我們從小到大因為受到很多環境、很多事務、還有我們的想像力，我們面臨太多的挫折，人家說：「年齡越大，膽子越小。」因為你會怕受傷害，不像年輕人認為，沒關係我去做了，直到碰觸到了，才說：「這樣做我會受傷害。」「這樣做我不行。」反而年紀大的人了會說：「唉！不要做啦！等一下還要我分享，很恐怖我不敢。」因此我們要嚐試換一下角度，把我們自己的框框去掉，偶爾跳出去，今天都不要當我們自己的角色，換另一個角色，跳出去再回來，有時候會意想不到「啊！我怎麼做得到的？」

在提到我們今天來的目的——深耕探索成長研習營，在我們人生過程裡的分享，之前，理事長已有和我探討過這次課程的調整，所以在第一個小時，我會用幾個故事來和大家做一個分享，在討論的時間之後，還有一個小時，我會在介紹我們協會（桃園縣文藝作家協會）什麼是文？什麼是藝？我是讀國際貿易的，我也是文藝作家協的理事長，如何從一個外行人，到跨入文協在這個協會裡的領域中，讓我自己覺得生活就是藝術，藝術就是生活，那種心靈充實的美感，讓我們的腳步放下來，讓我們時時刻刻身邊都是有美好的事務，來自我陶醉及分享給你身邊的人，這大概就是我們今天課程上的安排內容。

大概在八十六年寫了一篇文章，也是一則故事——〈你是一隻老鷹，你不是一隻雞〉。

在外國一望無際的平原上，爺爺開著老爺車載著麥可風塵樸樸的回家，一路上黃昏的景色十分的美，麥可就問爺爺：「爺爺，這裡景色很美耶！我們可不可以在這裡住一個晚上？」爺爺回答說：「不行啊！要趕快送你回家，太晚回去若你有什麼閃失怎麼辦？」但是走沒有多久，車子就喀喀喀……的出狀況了，麥可也很緊張：「我們回得到家嗎？」爺爺此時也四下張望，尋找附近的人家，結果爺爺發現一百公尺以內有一戶農村，因此他們就又將車子喀喀喀……的開到農村，之後，爺爺就和農舍主人說：「我的車子出了點問題，可不可以把修車工具借給我？」當爺爺再修車時，麥可就在農舍那裡走走，此時，農家主人驚訝的說：「咦！我覺得你好面熟，你是不是叫做亨利。」爺爺說：「我沒有來過這裡耶！我也沒見過你啊！你怎麼知道我的名字？」農場主人說：「我認識你耶！一九四〇年的時候，你打洲際賽的棒球，你的那一棒讓我們轉敗為勝，我永遠記得你。」爺爺才想起，心想：「對呀。」突然，麥可大叫：「爺爺你趕快來看，這隻雞怎麼這麼奇怪啊？」爺爺走去看了，對麥可說：「麥可，這不是一隻雞，是一隻老鷹耶！」「你看嗎！那隻就像雞啊！你看牠的動作。」麥可說。的確那隻老鷹的動作就像一隻雞一樣，走一兩步，就啄一啄地上；此時農家主人就說：「有一次我到森林裡撿到一隻老鷹，我就把牠帶回來和這些雞群養在一起。」想一想，對呀！那樣的環境，牠看到什麼就學什麼，所以那隻老鷹和雞一樣，走一走，啄一啄，走一走，啄一啄，這時亨利就說：「這隻老鷹可不可以賣給我？」「不用啦！跟雞一樣，你買牠做什麼」農家主人回答說。亨利就說：「真的，你可不可以賣給我。」農場主人看到亨利的眼神，就知道他真的很想擁有，因此農家主人說：「送給你就好啦！」這隻老鷹送回家後，亨利跟麥克每天到山上去，亨利套著手套帶著老鷹在山上訓練牠，結果，第一次放掉老鷹，它的翅膀還是會震啊！但沒多久就又掉下來，然後還是一樣的動作，走一走，琢一啄，琢一啄，走一走，此時麥可就說：「爺爺不要訓練牠了啦！他真的是一隻雞啊！我們不要花那麼多精神去訓練。」

這讓亨利回想到他小時後，他每次打棒球的時候都充滿挫折感；班上同學都說：「我不要和他一組，因為每次和他同一組我們都會輸。」然後亨利只好拿著手套、球棒就回家了，他爸爸就問他：「怎麼啦？」「人家都不要和我打球。」「來來來，爸爸陪你練球。」「認真練啊！總是會進步的。」就這樣一次，兩次……；那我們的畫面又跳到了亨利每天訓練老鷹，有一天在爬更高一點的山的時候，他發現老鷹已經開始懂得自己的本能在哪裡了，直到有一天，亨利把這隻老鷹帶到山澗的山谷上，發現牠的眼神已經不再像一隻雞——那種看著地上有什麼東西可以吃的眼神，而是炯炯有神的一直在找尋他的目標；從這雙眼睛可以透視到，亨利那時在打洲際賽的棒球時，每一壘都有人，而且他們還落後了一分，當亨利揮出第一棒時還是落空，第二棒時他相信自己下一次還可以找到機會，第三棒他真的就揮出一一安打，只要拿到安打，有人回來的話，一分撿回來，他們就贏了，終於，亨利這一揮棒，全壘打，幫他們的球隊拿到這一個獎。

這時亨利就對手上的老鷹說：「你是一隻老鷹，飛吧！這整片的天空就是你翱翔的天際，所以你要勇敢的去飛吧。」

這是我在八十六年的時候寫的一篇文章——〈你是一隻老鷹，你不是一隻雞〉。環境真的很重要，這也是為什麼孟母要三遷，我們常常給我們的孩子，給我們的家塑造一個環境，我們一直希望他們在這個環境能夠有很好的成長，像我自己只有一個孩子，我每次在帶他的時候，只要一站在他的面前，還未講話，他就覺得：「你好囉唆喔！」「你是不是又要和我說什麼了？」講一遍之後他就覺得「知道了啦！」這真的會令人跳起來，所以我感覺在一個環境中，只要這個環境在你掌握裡面，這個環境你很安心，他交往的人，他做的事情都讓你覺得放得下去的時候，你就放心吧！所以說環境是非常重要的。

大概有很多事情不是你想像中的如意，有時候是時代背景的波折等，有的人好命就生在好的環境，有的人比較苦命就是生在貧窮的環境，而他的挑戰度就比較高，所以我常說其實很多的成功都是靠一分天才九十九分的努力，我就不相信說，我這樣不斷的改進還達不到我的目標，所以還是需要不斷的自我挑戰；我相信在座的所有人，你們都不是雞，你們每一個人都是老鷹。

你們協會有多久的歷史了？（學員回答加上今年六年了），那在這個圈圈有六年包括以上的請舉手，咿，還不錯喔！三分之一以上；那五年呢？四年？三年？兩年？一年？啊……，不錯不錯，所以希望說你們可以從海綿、磁鐵、到現在像理事長一樣是聚寶盆，取之不盡，用之不竭，但是我往往在講這句話的後面，都會附帶一個條件，就是先無償的奉獻和付出，事實上當你再做奉獻和付出時，其時你已經在聚寶盆裡取東西了，不相信的話，你們可以試試看。我常說呆和傻，不是真的呆也不是真的傻，他們已經默默的在吸收東西，默默的在學習，往往這樣的後勁力是非常的強，我相信有很多隻老鷹都在這裡潛伏，期待你們炯炯的眼神，能夠尋找到你們的一片天，好不好？（學員回答好）這個就是我們要告訴自己我是一隻老鷹，我不是一隻小雞，當然在自己的家庭的時候或許會說：「我是一隻母雞，要照顧很多小雞。」或則是「我是一隻很依靠的小雞。」也可以；這是我今天分享的第一個故事，就是你是一隻老鷹，你不是一隻小雞。

我常常感覺到，以前的人一輩子接觸的人，我們現在一天就把他見完了，看看以前古代的人都不出自己的家門，甚至有的閨女都是不離開自己的臥室或則後花園，所以古代的人一輩子，大概像你今天就見完了。因此，現在的人、事、物，它的挑戰度是很高的。在這裡我有一本書要送給理事長，《鑿一扇文學之窗》是六月十九日出版的，我本來今天也是想帶一些書來，但因為我們的書都很暢銷，今年出版的套書《桃源集粹》，剩的書籍都不多，所以用書籤與大家結緣。

我在《鑿一扇文學之窗》這本書裡有講到，讚美是甜美的毒藥，讚美也是甜美的補藥，什麼是讚美是甜美的毒藥，有一些人很喜歡接受別人的喝采，或則常常站在頂峰，聽到習慣了，有一天你真的失落了，這就像是無形中的毒藥在迷惑你自己；大溪鎮前鎮長林熺達，是桃園縣長朱立倫的舅舅，是文協的常務監事，也是一位老前輩，老前輩在分享他的故事說：「我爸爸上次有跟我說兩個故事，那兩個故事對我的人生有很大的改變。」（台語發音）第一個故事是，在田裡面，最漂亮的菜和最漂亮的花，是不是都會先給別人摘走，最漂亮的花給別人摘走以後，會種在最漂亮的盆子裡，並擺在最顯眼的位子給別人欣賞，可是花會不會枯萎？會啊！當他枯萎的時候會被人家丟棄，丟棄在哪裡？不見天日的地方，你連要吃那個露水都吃不到。」（台語發音），那它的生命就結束了；還有另一個故事是，田園裡總是圍繞著不起眼的樹，剛開始還沒什麼用途，但慢慢長大了，就成為田地範圍的標的，而且總會有一棵最古老的樹，守護這塊田園，讓主人辛勤耕耘後，能在他的樹蔭下乘涼休息，他就是這塊地的土地公樹。林鎮長的故事，啟示人們：有些事務雖不能直取他的用途，但生命的意義和價值卻能無線延伸。

另外我還要分享一個故事是我去受菩薩戒時，聖嚴師父開示所說的故事，師父說：有一次他到美國參加一個會議，會場旁有一座游泳池，當時天氣很好，池水清澈可見底，風平浪靜，池面一點波紋也沒有，僅見一顆汽球漂浮在池的一角。師父心想，來做個實驗——「興風作浪」。因此用手輕輕壓一下汽球，水面馬上以球為中心點，向外起了一波波的漣漪，一碰觸到四周的牆壁，那漣漪又開始傳回來，而師父一直繼續一下一下觸壓那顆汽球，水面來來回回的波紋互相激起浪花，也因水面的動，帶動空氣中的動，真是「興風作浪」啊！師父藉由這個實驗，提及一個「念」的作用是何等深遠！

所以當您有做一件事而發出的念是什麼樣的念，好的或壞的傳出去還沒馬上傳回來是因為波未觸及到，來到這一世間都是有緣的，我常以「廣結善緣，善了惡緣。」常用「慚愧心、懺悔心、感恩心」來自我反省，就在這一世把他善結了吧！不要再去延續，可能是因為前一世的因緣，我們這一世才能結合在一起，這一時這一刻才會相處在一起，所以我們應該珍惜這次的緣，而不是還在斤斤計較那不好的點，我們應該做善了惡緣，若你一直在做這件事情，你傳出去的波絕對是一個好的波，福氣的波，並且一直不斷的分享出去；我希望這個「一池水一波念」能讓大家帶來喜悅的心情，喜悅的念頭。

我剛才在車上翻閱了我寫的一些文章，發現這首詩好美喔！最後把它分享給大家：

生命她是一首歌，唱她。
生命她是遊戲，玩她。
生命是挑戰，迎接她。
生命是夢，了解他。
生命是犧牲，奉獻她。
生命是愛，享受她。

讓自己成為發光體，照亮身邊週遭的人，今天來到這裡，就當作在吸收能量，今天回到自己的家，就開始作一個發光體，把自己的感覺用一個很好的波傳出去，用一個很好的念種在自己的心田裡。

祝福大家身體健康、快樂！謝謝！

由《聯合報》在南園舉辦「深耕探索成長研習營」的二場講座，台上與台下互動得熱烈。

附件

桃園縣文藝作家協會出版叢書

出版年／份	書籍名稱
73年元月	桃園文藝選集第一集
74年元月	桃園文藝選集第二集
74年10月25日	桃園文藝選集第三集
75年10月25日	桃園文藝選集第四集——美術之部
75年10月25日	桃園文藝選集第四集
77年5月4日	桃園文藝選集第五集
78年4月	桃園文藝選集第六集
79年5月	桃園文藝選集第七集
80年6月	桃園文藝選集第八集
81年	桃園文藝選集第九集

82年5月　桃園文藝選集第十集
83年6月　桃園文藝選集第十一集

◆ ◆ ◆

84年5月4日　「桃源集粹」——桃園文藝選集第十二集
85年5月4日　「桃源集粹」——桃園文藝選集第十三集
86年5月4日　「桃源集粹」——桃園文藝選集第十四集
87年5月4日　「桃源集粹」——桃園文藝選集第十五集
88年5月4日　「桃源集粹」——桃園文藝選集第十六集
89年5月4日　「桃源集粹」——桃園文藝選集第十七集
90年5月4日　「桃源集粹」——桃園文藝選集第十八集
91年5月4日　「桃源集粹」——桃園文藝選集第十九集
92年5月4日　「桃源集粹」——桃園文藝選集第二十集〈一套〉
93年5月4日　「桃源集粹」——桃園文藝選集第二十一集〈一套〉
94年5月4日　「桃源集粹」——桃園文藝選集第二十二集〈一套〉

◆86年11月18日◆桃園婦友文選第一集◆
87年09月28日 桃園婦友文選第二集
88年11月20日 桃園婦友文選第三集
89年11月18日 桃園婦友文選第四集
90年10月27日 桃園婦友文選第五集

◆92年10月30日◆「心情書一下」：我們都有話要說◆
92年12月27日 「鑿一扇文學的窗」：婦女學苑文學研習營
93年5月4日 「心靈墨華」84年至93年歷年接受五四表揚人員名冊資料
93年5月31日 「鑿一扇文學之窗」93年文學營散文創作集
93年12月18日 「心情e一下」青少年全國網路徵文活動入選作品集

國家圖書館出版品預行編目

珍華的聚寶盆 / 楊珍華著. -- 一版. -- 臺北市：秀威資訊科技, 2005[民 94]
面； 公分. -- (語言文學類 ；PG0133)
ISBN 978-986-7263-28-6(平裝)

855　　94007065

語言文學類　PG0133

珍華的聚寶盆

作　　者 / 楊珍華
發 行 人 / 宋政坤
執行編輯 / 詹靚秋
圖文排版 / 劉逸倩
封面設計 / 羅季芬
數位轉譯 / 徐真玉　沈裕閔
圖書銷售 / 林怡君
網路服務 / 徐國晉
法律顧問 / 毛國樑律師
出版印製 / 秀威資訊科技股份有限公司
台北市內湖區瑞光路 583 巷 25 號 1 樓
電話：02-2657-9211　　傳真：02-2657-9106
E-mail：service@showwe.com.tw
經 銷 商 / 紅螞蟻圖書有限公司
台北市內湖區舊宗路二段 121 巷 28、32 號 4 樓
電話：02-2795-3656　　傳真：02-2795-4100
http://www.e-redant.com

2005 年 4 月 BOD 一版
定價：260 元

讀者回函卡

感謝您購買本書，為提升服務品質，請填妥以下資料，將讀者回函卡直接寄回或傳真本公司，收到您的寶貴意見後，我們會收藏記錄及檢討，謝謝！

如您需要了解本公司最新出版書目、購書優惠或企劃活動，歡迎您上網查詢或下載相關資料：http:// www.showwe.com.tw

您購買的書名：______________________________

出生日期：________年________月________日

學歷：□高中（含）以下　□大專　□研究所（含）以上

職業：□製造業　□金融業　□資訊業　□軍警　□傳播業　□自由業

□服務業　□公務員　□教職　□學生　□家管　□其它______

購書地點：□網路書店　□實體書店　□書展　□郵購　□贈閱　□其他

您從何得知本書的消息？

□網路書店　□實體書店　□網路搜尋　□電子報　□書訊　□雜誌

□傳播媒體　□親友推薦　□網站推薦　□部落格　□其他__________

您對本書的評價：（請填代號　1.非常滿意　2.滿意　3.尚可　4.再改進）

封面設計____　版面編排____　內容____　文／譯筆____　價格____

讀完書後您覺得：

□很有收穫　□有收穫　□收穫不多　□沒收穫

對我們的建議：______________________________

____

____

____

請貼
郵票

11466
台北市內湖區瑞光路 76 巷 65 號 1 樓

秀威資訊科技股份有限公司 收

BOD 數位出版事業部

....

（請沿線對折寄回，謝謝！）

姓　　名：________________　年齡：________　性別：□女　□男

郵遞區號：□□□□□

地　　址：____

聯絡電話：（日）________________（夜）________________

E-mail：____